일상회복 프로젝트 :

지금 죽고 싶은 너에게

직장 내 성폭력 생존자의 대학병원 정신병동 입원일기

일상회복　프로젝트

: 지금 죽고 싶은 너에게

○

이아름 에세이

직장 내 성폭력 생존자의
대학병원 정신병동 입원일기

바른북스

들어가는
글

저는 요즘도 후회가 가장 쓸모없는 일이라는 서두를
붙이면서도 그럼에도 10년 전에 정신과를 방문했더라면
내 삶이 어떻게 흘러왔을지 종종 상상해보고는 합니다.

그만큼 저에게 정신병동은 내 인생 전반을 뒤바꿔준
계기가, 아니 나를 다시 태어나 내가 가장 나답게 살았던
그때의 나로 되돌려주었습니다.

저는 5년 전 너무나 꿈꾸던 대기업에 입사 후 그것이
인생의 성공인 줄만 알고 나에게 너무나 미안한 세월을

그저 씹어 삼키며 살아내어 정신병동으로 걸어 들어갔습니다.

발단은 직장 내 성폭력이었습니다. 16년도 사건 당시에는 미투운동이 시작되기 전이었고 그 이후에도 직장 내 성폭력 피해자들의 주위 환경은 겉으로만 무언가 꼭 변해가는 것처럼 보여질 뿐, 실상은 피해자의 일상회복만큼은 거리가 멀어 죽어야만 끝나는 기나긴 전쟁의 서막을 알리는 일과 같았습니다.

가해자 고소와 함께 대기업을 퇴사할 수밖에 없었고 사내 사건처리에 대한 문제제기를 노동청에 신고함으로써 무언가 바뀐 현실에 기대도 걸어보았지만 여전히 법은 피해자의 편이 아니었습니다.

정말 열심히 싸웠습니다. 싸우고 싸우다 지쳤음에도

처음에는 정신과 약을 먹는 것부터 스스로 패잔병이라는 걸 인정하게 되는 거라고 나는 미치지 않았다고 내가 맞다고 이게 옳다고 스스로에게 말도 안 되는 등식을 강요만 했습니다.

그 모진 시간 정신병동에 들어가기 전 그나마 버틸 수 있었던 이유는 매주 상담센터에 가서 상담을 받는 일이었습니다.

그마저도 소용이 없어진 때에는 저 또한 전부터 폐쇄병동에 대한 선입견으로 말 못 할 불안감을 가진 채 그렇지만 내가 이곳으로 들어와 치료받아야만 하는 상황이 되자 '이곳'의 누군가들을 멋대로 상상하며 거부했다가 철문 안으로 들어가 갇힘에 안도한 첫날을 맞이하였습니다. 그리고 이렇게 너무나도 아름다운 기억을 품은 채로 여전히 잘 지내고 있습니다.

정신과는 내가 들어가기 싫어 버티다 버티고 가는 그런 곳이 아니었습니다.

제 상담사님이 저에게 말씀해주신 것처럼 갑상선이 고장 나 몸의 제 기능을 도와주는 갑상선 호르몬에 문제가 있으니 그걸 채워주는 역할을 갑상선 약이 하는 것처럼 정신적 증상 또한 단지 뇌라는 기관에서 부족한 호르몬을, 단지 기능을 향상시켜주기 위해 먹는 약이 정신과 약이라는 사실을 여러분들도 꼭 알아주었으면 합니다.

제가 병동에서 처음 배운 것은 잘 먹고 잘 자고 소화는 잘되는지 매일 칭찬을 받는 일이었습니다.

아무것도 안 해도 된다고, 너는 그것만 잘해도 괜찮은 인간이라는 사실을 스스로에게 일깨워줌으로써 자존감을 회복시켜주었고 다른 환자들과, 실습학생들의 노력과 함께 사회성을 회복하고, 주치의 선생님을 통해 타인과의 신뢰를 쌓는 경험을 하게 되면서 온몸에 가시를 세운 채 처음 들어왔을 때의 마음가짐 따위는 나조차 모르게 사라져버린 뒤였습니다.

병동은 사회로 다시 나가 잘 살 준비를 하는 곳입니다.

내가 힘이 소진되어 힘을 다시 기를 수 있는 이 세상에 하나뿐인 공간입니다.

저는 현재 입원 전보다 훨씬 강인한 사람이 되었다 감히 자명할 수 있으며 저의 입원 기록을 통해 아직도 여전히 산다는 게 너무나 힘든 일이기만 한 이 책을 집어 든 여러분들에게 증명해 보이고 싶습니다.

두 달간 병동에서 지내며 어떤 식으로 일상을 회복할 힘을 되찾아가는지

피해자는 어떤 식으로 회복해야만 하는지, 어떻게 살아가도 되는지

먼저 걸어온 제가 잘 보이지 않는 이정표를 당신의 눈

앞에 조금이라도 보여주고 싶습니다.

　　나 또한 온몸의 가시를 세운 채 '이곳'에 방문했듯이

　　삶이 너무 지치고 힘들기만 할 때

　　삶에 무슨 의미가 있는지 이제는 전혀 알지 못하겠
을 때

　　당장 어딘가로 사라지는 것만이 최우선이다 싶을 때

　　여러분들도 이 책을 읽고 이곳 '정신병동'에 꼭 방문
해주기를 원합니다.

　　마지막으로 저를 살고 싶게 만들어주시는 분들에게
감사 인사를 전합니다.

　　사랑하는 우리 가족과 몽이, 영혼의 단짝 신소와 멋
있는 지원이,

　　그리고 이 모든 처음과 끝에 계신 제 주치의 선생님
덕분에 이 책을 완성해낼 수 있었습니다.

목차

◇◇◇◇◇◇◇◇

들어가는 글

나오는 글 : 퇴원 1년 차

그때에 나는 이제 더 쥐어짜 낼 힘도 남지 않아 뇌를 바닥에 끌고 다니는 것과 같다는 표현을 적던 시기였다.

급하게 퇴사를 하고 본가로 내려와 새로 소개받은 상담사님과 매주 상담치료를 병행한 지 어느새 6개월, 병원을 가라던 숙제를 3주째 미루던 참이었다.

"약을 안 드시는지 몰랐어요. 저는 약을 복용하

면서 상담받는 줄 알았거든요. 지금 상태가 약을 안 드시면 안 되는 상태예요. 무조건 병원 가셔야 해요."

"저는 약 먹는 게 무서워요."

"어떤 점이 무섭나요?"

"그 약을 먹으면 그건 진짜 내가 아닌데…. 약에 의지해버려서 살게 되면 어떡하나 그런 점이요…. 갑상선 저하증 약도 10년째 복용 중이거든요."

"아름 씨는 그럼 갑상선 약은 왜 드시나요?"

"호르몬이 부족해서 보충해주려고요."

"사람들이 항상 정신과 약만 다르게 생각해요. 갑상선 호르몬이 부족해서 약을 먹고 호르몬을 채워주죠? 그렇다고 아름 씨가 다른 사람이 되었나요? 정신과 약도 똑같아요. 뇌에서 필수적으로 나와야 하는 호르몬이 안 나오는 거예요. 그래서 안 나오는 호르몬을 보충해주는 게 정신과에서 처방해주는 약인 거예요. 약을 먹고 갑상선 저하증이 생긴 게 아닌 것처

*

럼 우울증이 이미 생겼기 때문에 호르몬이 안 나오니까 그걸 약으로 보충해줘서 치료를 하는 거예요. 알겠죠? 이번 주에 무조건 병원 다녀오세요."

안 그래도 갑상선 약을 21살 때부터 먹기 시작한 나는 점점 복용량을 줄여 이제는 반의반 알만 먹는 참이었는데 상담사님의 얘기를 듣고 아. 하고 그제야 내 생각의 역변을 느꼈다.

세상은 그대로인 채로 내가 약을 먹는다고 당장 변할 것도 아니니 내가 생각할 때
내게 자살이란 지극히 당연한 결론이었다.
나는 세상이 나에게 안내해주는 대로 죽음을 받아들이기로 한 상태였다.
더 이상 음식의 맛이 느껴지지 않았고 죽음 이외의 일말의 죄책감도 가지지 못하는 내 상태를 인식하

자 하늘의 뜻이라고만 여겨졌다. 아 난 여기까지이구나. 그래서 머릿속에는 언제 끝낼까라는 문장만이 계속 울리는 거구나.

내가 이번에 내 생이 다했음을 눈치챘을 때는 커피가 맛이 없어졌을 때이다.

몇 번을 다시 마셔보고 다음 날 계속 마셔봐도 전과 같이 맛이 느껴지지 않았다.

내가 지금까지 우울로 점철된 인생 속에서도 커피만큼은 내일을 다시 살아갈 힘을 도모하는 내가 아는 나의 유일한 즐거움이었다. 나를 행복하게 하는 무조건적 존재가 사라졌을 때 나는 커피 한 잔의 희망도 바닥에 쏟아진 후라는 걸 알아차렸다.

내가 느낄 새도 없이 두 달 사이 살이 8kg가 증발해버렸다. 나는 내가 움직이지 않아서 살이 찌고 있을 거라 어렴풋이 생각만 했던 차에 체중계가 고장

✳

난 거라고만 생각했다.

　　다시 상담 일이 도래하여 미뤄둔 숙제를 더는 미
룰 수 없을 것 같아 바로 예약이 가능한 가까운 병원
을 찾아갔다.
　　책임지고 입원시켜주겠다고 했다. 바로 대학병원
응급실로 가라고 하셨다.

　　"왜요? 저는 괜찮은데… 이게 맞지 않나요? 약을
먹으라고 해서 온 건데 제가 왜 갑자기 입원까지 해야
하나요."
　　라고 말하는 동시에 감당할 수 없는 눈물이 봇물
처럼 터져 나왔다.
　　나는 몸을 떨며 울었다.
　　"제가 왜 우는지 모르겠어요."
　　"나는 왜 우는지 알 것 같은데. 소견서 써드릴 테

니까 무조건 오늘 대학병원 응급실 가서 당일 입원하세요. 안 되면 여기로라도 바로 오세요."

"저 근데 지금 결정 못 하겠어요. 입원을 해도 되나 안 되나를 못 정하겠어요."

"그것도 증상이에요. 우선 그럼 보호자분한테 전화해보시고 말씀해주세요."

요즘 따라 키오스크나 메뉴판 앞에서 한참을 서 있던 게 생각이 났다.

그 무엇도 결정할 수 없었다. 메뉴판 앞에서 결정을 못 했던 이유는 아무 맛이 나지 않는 걸 고르는 게 의미가 없기 때문이었다. 언니와 친구에게 차례로 전화를 했다. 둘은 내게 입원하라 했다.

나는 그대로 따르기로 했다. 잘은 모르지만 그래야 할 것만 같았다.

✳

그렇게 나는 대학병원 응급실로 갔다.

8시간을 보호자인 동생과 기다린 후 당일 입원 안내를 받았다. 폐쇄병동이라 했다. 예의 의심 많은 나는 중간중간 나를 상담하던 의사가 보고하는 내용을 들으며 저 병동은 내가 갈 곳이 아니다란 막연한 두려움을 집어먹고 강력히 거부했다.

그렇게 집으로 돌아가 이틀을 몸을 못 가눌 정도로 울어댔다. 집에 있는 게 갑자기 너무나 힘들어졌다. 내가 우는 모습을 가족들에게 보이는 것조차 미칠 것만 같았다. 차라리 입원해서 거기서 울고 싶었다.

가장 빠른 날짜로 잡아준 외래 날 대기실에서조차 벌벌 떨었다. 입원이 안 된다고 하면 어떻게 하지라는 불안을 가지고 들어가 교수님 앞에서 입원시켜 달라는 말을 어렵게 한 글자씩 꺼내놓았다. 울음에 발음이 모두 뭉개졌다.

코로나 검사 후 다음 날 나는 폐쇄병동으로 스스로 들어갔다.

*

철제문이 닫혔다.

어제는 가족들이 이 상황을 받아들이는 과정을 견디는 게 자신이 없었고 지금은 평온하다. 평안하다. 첫날이라 그럴 수 있다는 말이 살짝 불안을 야기시키지만 내가 계속 바라왔던 온전한 휴식이란 건 이러한 단절. 완벽한 단절을 죽음으로 잘못 부르는 일이었나.

여기는 바깥의 그 무엇도 가지고 올 수가 없다.

삶에 대한 고민, 번뇌 모두 출입문 바깥에 허물

벗듯 벗어두고 허락받은 휴식을 취한다.

약에 취해 내리 잠만 잔다 하여도 그 무엇보다 나의 삶을 바라는 응원들 속에 해냄이라 읽는다.

하루아침에 내가 내린 결론 이상의 다짐을 조급히 하지 않으리라. 그러나 그렇다 해서 어제까지 하나의 외침만이 내리치던 결론만이 정답이라 하지 않겠노라.

이곳에서 시간을 보내면 무언가 달라져 있을 거라는 그 기대.

그 기대 하나만으로 생을 붙잡아본다.

✳

입원
2일 차

화장실에서 이를 닦고 있는데 갑자기 나타난 여자.

"몇 살이에요? 왜 들어오셨어요?" 나는 말했다.

"우울증이요."

"어 나돈데."라며 다짜고짜 팔목을 들어 자해 상흔을 보여준다. 이건 또 뭐지 싶다.

귀찮은 일을 아예 몰살시키기 위해 이곳에 들어온 건데 무언가 들러붙는 기분이 든다.

무언가 들러붙는 것 같다. 예쁘게 생겼다, 피부가

좋다 칭찬하며 자기는 8인실에 있다고 나를 이끈다.

나는 여전히 사회적인 나를 버리지 못한 상태다.

8인실을 무감한 눈으로 바라보며 서있자 여자는 자기 옆 침대로 병실을 옮기라 한다. 천만다행이다. 전날 밤 8인실로 가는 게 어떻겠냐던 간호사의 물음에 단호히 NO라고 대답할 수 있게 되었다. 어느새 내 병실을 따라 들어와 내 침대 위에 슬쩍 앉는다. 사적인 영역까지 마음대로 침범하려는 거슬림에 눈길도 안 주고 여기 앉아도 되냐는 물음에는 휴대폰을 들어 보이며 친구랑 연락 중이라 하였다. 시간이 조금 지나자 여자는 자리를 떴다.

이제 안 그러겠지.

저녁 세안용품을 타러 간호사실 앞으로 갔는데 뒤에서 대뜸 여자가 "인수인계 언제 해요?"라고 묻는다.

선생님들은 익숙한 듯 "인수인계는 왜요? 민 선생님?" 하고 묻는다.

✳

아마도 그녀가 민 선생님이란 사람을 마음에 두고 있나 보다.

나는 철학적 사고를 가능케 할 책도 읽고 싶고 뭔가 글이란 차도의 흔적을 남기고 싶지만 약 기운에 생각이란 걸 도무지 할 수 없다. 그저 원 없이 자고만 싶다.

입원
3일 차

시간이 어떻게 흐르는 건지 알 수가 없다. 새벽잠을 설쳤던가.

이미 7시간 이상을 잔 후에도 시간이 한창의 새벽이라는 이유만으로 잠을 설친 것일까.

어디를 약이 건드렸는지 모르지만 악몽을 꾼다. 못 버틸 정도는 아닌 악몽을 꾸네 싶은 정도.

갑자기 등장했던 여자는 어느새 자해를 했다. 고만고만하게 생긴 아이들 모두 훈장처럼 팔에 상흔을 달고 있다. 병원복을 두고 굳이 반팔을 입는 이유에 대해 내 삐딱선이 꿈틀댄다.

환자복을 입고도 팔을 걷어 올려 기어코 마주칠 때마다 그 흉터를 대면하자니 보여주기 위함에 확신의 무게가 실린다. 나 이렇게 아프다고 마음이 너무 힘들다고 제발 봐달라고 온몸으로 외치는 영혼들이 거기에 있었다.

────────────────

나는 나만이 이렇지 않다는 것을 잘 안다.

내가 내린 결론이 비합리적이고 비이성일지라도 그것이 원하는 현상에 불꽃처럼 꽂혀들 것임이 내 무너진 정신과는 상관없이 사실일 것 같으니까.

그렇지만 세상에는 그것만이 존재하는 것이 아니라는 거, 나를 사랑하는 사람들이 온 힘과 온 마음을 다해 빌어주니까.

고개를 돌려줄 수고스러움 정도는 당연 갚아야 할 빚을 졌겠지.

나는 오늘 여전히 불확실한 미래를 뭉뚱그리며 주어진 공간 안에서 허락된 만큼의 숨을 살아내 보려 한다.

아침을 먹고 점심을 먹고 저녁을 먹고 소화를 시키고 잠을 자면 마무리되는 내 하루가 누군가에게는 잘 해내고 있어 고맙다는 말을 건네게 할 집합이란 걸 알게 되었으니까.

만약 입원하지 않고 오늘이 되었다면 나는 어떻게 되었을까.

살아서 이 공책을 펼칠 일이 있었을까. 어느 것 하나 다음을 살아낼 내가 그 바통을 이어받아 글을 남길 수 있다. 약 먹고 자고 먹고 자고 일어나면 전과 같은 나를 되찾을 수 있기를. 멋진 나를 곧 만나게 되기를. 아름아 너는 항상 그렇게 살아왔잖아.

운동도 하고 밥도 먹고 간식도 맛있게 먹었다. 좋
은 징조다.

어제까지만 해도 잊었다가도 당장 자살하지 않으면 이 해법을 어디서도 찾을 수 없다는 불안감만이 온통 휘감았는데, 오늘 눈을 뜨니 하나의 유리관이 분리되어 어제의 나를 바라보게 한다.

하나의 명령어만이 입력된 삶의 결말. 이 가느다란 선을 누가 무슨 수로 집어낼 수 있을까.

고마운 감정도 모르던 일주일 전 조금이라도 일상의 맛을 맛보게 되면서 고마운 사람들이 참 많다.

✳

책을 읽는데 잠음이 끼어들지 않는다. 이렇게 온전히 활자 하나만을 눈에 담는 일, 머릿속에서 복기하는 일, 잡생각이 하고 싶은 생각을 가로막아 힘들이지 않고 멍 때리는 것이 가능했던 일 모두 10년도 더 전이었던 것 같다. 내가 누리던 것이 부자유임을 깨달았다.

내가 이래서 책을 사랑했구나, 내가 이래서 항상 책으로 도피할 수 있었구나 싶다.

이제라도 늦지 않았다. 늦음 따위에 연연할 마음의 찌꺼기는 모두 소비된 지 오래이다.

**입원
5일 차**

미래를 그리는 일, 언제 멈췄는지도 모르겠다.

여전히 밤마다 시시때때로 하나의 명령어가 비집고 침투하지만 그 외의 것들로 생각의 틀을 구성해낸다.

이곳의 삶의 시스템에 어느 정도 적응이 된듯하다.

요청해야 한다는 부담감에서 풀려났다.

세면도구나 커피 또는 보관되어야만 하는 물품

을 달라고 내가 필요할 때마다 바로바로 요청할 수 있어지자 만족스러웠다.

　어제부터 본격적으로 운동을 하기 시작했는데 운동을 해야 도파민이 분비된다는 정보를 어디서 들은 기억이 있어서 첫 노력의 시작점을 떼어봤다.

　어느새 손톱과 발톱이 길어져 새끼발가락이 넷째 발가락 살을 푹푹 찔러 흰 양말을 피로 살짝 물들였다.

　손톱깎이를 챙겨왔어야 하는구나 하고 엄마한테 얘기했는데 저녁 약을 건네주던 간호사가 내 손톱을 보고는 간호사실에 손톱깎이가 있으니

　필요하면 얘기하라고 했다. 간호사실에 앉아 손톱, 발톱을 깨끗이 잘랐다. 여기서는 뾰족하고 날카롭거나 무언가를 묶을 수 있거나 알코올, 카페인이 함유된 거라면

　어떠한 필수품이라도 간호사실에 보관하거나 사

용이 금지된다.

연필, 나무젓가락, 샴푸, 끈 달린 맨투맨 등 이어폰 또한 맡겨놓고 필요할 때마다 요청하여 쓸 수 있다.

처음엔 당황스러웠으나 만에 하나의 상황까지 전부 방지해야 하는 감독하에서라는 전제하에 이해가 갔다.

나는 그럴만한 이유가 있겠거니 납득이 갔고 수긍했다. 말을 잘 듣는 나를 보고 수간호사님은 반항도 좀 하고 그러라 했다.

나는 굳이 그러고 싶지 않았다. 내가 이곳에 들어오기 전까지 했던 사회인으로서의 역할 앞에서 나 스스로 그 사람의 하루를 약간이라도 피곤하게 만들려는 노력을

나는 굳이 하고 싶지 않았다.

＊

어젯밤에는 감정을 쏟는 쓰기 작업을 한 뒤 진정되지 않는 심장을 귀로 듣다가 갑자기 소등 후 손전등을 비추고 들어온 직원 때문에 놀랐다.

내 머리맡에 놓인 이어폰을 가져갔을 거라고는 생각지 못했다. 그럼에도 이곳이 그 어느 곳보다 안전하다는 사실을 상기시키고 약 기운에 의지해 잠의 나락으로

또다시 꿈결같이 여기가 어디지 하며 아침을 맞

이했다. 시간이 지나면 내가 이곳에 있는 게 이상하게 느껴질까.

아직은 아니라는 것만 알고 있을 뿐이다.

　생각은 재정비가 가능함을 지금은 믿는다. 덕분에 다짐이라는 건 항상 빈약하다. 어제까지의 나조차 지키지 못하니까.

　공동 활동에 전혀 참여 안 하겠다 어제까지 마음을 먹었는데 어느새 붙임성 좋은 실습학생을 따라 그들이 가져온 색칠놀이를 하며 가볍게 그리웠을 법한 시시콜콜 수다를 떨었다.

빛나는 젊음을 내가 마주하는 것만 같다. 내 지나온 시간을 반추시키는 그 생동성과 똘똘한 눈빛, 그 모든 것들에 나라는 회색의 이질감이 걸쳐진다.

어색해 죽으려 하면서도 저 때의 나처럼 그 열의와 열정이 너무 밝게 비추고 있어서 서툰 제안들에 모조리 거절의 벽을 세우기가 곤란하다.

항상 인생이 나는 참 어렵다고만 생각하며 살아왔는데 틈틈이 끼어드는 남의 불행이 내 짐만으로도 너무 버거워 삐걱대며 의도적으로 외면하려 했다.

나는 당신의 청춘에 얼마나 묻어져 나올 만큼을 살아왔을까.

나 또한 서럽고 서러운 시간을 이토록 어렵게 떨쳐내며 이곳에 와있는데 이런 내가 어떤 말들을 건네줄 수 있을까.

사람은 원래 외로움을 안고 살아가는 존재라 하

지만 나는 항상 행동으로 이끌러 가야만 마주하는 사회적 동물인 나의 모습이 어색하기만 하다.

바짝 가시를 세웠는데 그 가시에 찔릴 걸 알면서도 내미는 그 용기의 손을 어떤 인간이 안 잡을 수 있을까.

막상 해보면 별것도 아니고 나름의 재미도 느낄 수 있는 수없이 놓친 순간들의 기회가 아득해진다.

시간이 지났다고 감정도 나이 먹는 건 아녔을 텐데.

무언가 쓰려고 마음먹고 써내는 일은 무슨 말을 하는지 본인도 잘 알 수 없는 단어들의 모임이 되고 만다.

처음은 인생이 '나는 참 어렵다.'라고 나만 생각하는 줄 알았는데 그게 아니었다는 말을 쓰려고 했다.

그리고 그렇게 살아왔으니까 이제는 그냥 쉽게 가자. 쉽게 가보자.

일상회복 프로젝트
: 지금 죽고 싶은 너에게

인생이 너에게 레몬을 주거든 레모네이드로 만들
라는 말만 가슴에 풀고 살았지 레모네이드로 만들 힘
이 없을 줄은 몰랐네.

일찍 자고 일찍 눈이 떠지는 것뿐인데 시간이 엄청 많아진 기분이다.

컴퓨터가 없어도 휴대폰과 이어폰이 없어도 평범하게 시간을 흘려보낼 수 있구나.

떠올려보면 없이 살았던 시간들이 더 길었던 거 같은데 이제는 조금이라도 없이 살아보려 하면 겁부터 낸다. 이상하다. 큰일이 나지도 않는데 그렇다고 기분이 아주 울적해지고 망가지는 것도 다른 무엇을 못하는 것도 아닌데 인간에게 익숙함의 탈피란 겁부터 집어먹게 하는 것 같다.

병동에서는 카페인이 금지된 만큼 오전과 오후 2시 이전까지 자판기에서 뽑은 블랙커피와 밀크커피 중 한 잔씩을 500원에 사 마실 수 있다.

이 회복의 과정에서 만난 종이컵 블랙커피 한 잔의 온도와 향이 하루 중 즐거운 한때로 들어와 있는 지금,

내가 아프구나라는 사실을 또 한 번 일깨워준다.

잘 잤다. 블랙커피를 받고 자리에 와서 다이어리를 쓰는 하루 시작이 마음에 든다. 공기가 좋다.

내 20대를 털어내려면 얼마만의 시간과 발버둥이 필요할까.

20대를 맞이할 때는 10대를 수장시켰는데 10대를 채 털어내 버리기 전에 20대의 새로운 무덤을 파내야 했다.

나는 나의 30대에게 10대, 20대와는 다른 내일이 펼쳐질 거라고 말할 수 있는 경험을 해내지 못했다.

쉽게 희망의 조각을 주워 담던 나는 벼랑 끝까지 내몰렸다가도 금세 나아질 거라는 희망을 덥석 물은 것 같다.

그래서 아마 입원한 지금이 오히려 마음이 놓이는 느낌이 드는 것 같다.

준비되지 않은 마음이 퇴원을 두려워한다.

세상 밖으로 다시 내 의지로 걸어 나갈 수 있을 때까지 내가 지구에 내려와 어떤 사명도 직접적으로 받은 적이 없던 것처럼 천천히, 그저 천천히 나를 지켜보고 기다리려고 한다.

나는 지금 나의 삶과 죽음 그 경계의 유예된 시간을 보내는 것만 같다. 때로는 멍하고 때로는 전과 같은 끝없는 생각들의 향연에 머리를 저어버리지만 이마저도 하나의 과정처럼 받아들여진다.

내게 소중한 것들이 더 이상 소중하게 와닿지 않
던 순간의 죄책감을 먹이 삼아

먹고 운동하고 읽고 말할 것이다.

아름아 5년 동안 정말 고생 많았어.

나를 단단하게 만든다고 착각하던 조각나버린
나의 부분들을 이제라도 자세히 들여다보고 꿰매어
본다.

일상회복 프로젝트
: 지금 죽고 싶은 너에게

죽음만을 입력한 채 들어와 내가 10일 동안 되찾은 즐거움의 나열.

자판기에서 뽑은 블랙커피 한 잔의 즐거움, 책 읽는 모든 순간을 둘러싼 모든 것의 즐거움, 일찍 자고 일찍 일어나 만끽해보는 하고 싶은 일을 생각하고 실천하는 즐거움, 이 모든 여유를 누리는 즐거움, 운동 후 개운하게 씻는 즐거움, 좋은 노래가 귀에 꽂혀드는 즐거움, 아무 생각 없이 색칠하며 작은 이야기들을 주고받는 즐거움, 서로 가진 과자를 나눠 먹는 즐거움, 대화의 즐거움, 규칙적인 생활의 즐거움, 평화와 평온과 기대로 가득 찬 즐거움.

시간이 가야 나아질 것을 알고 있는데 지금 이 순간의 부유하는 중간 지점에 걸쳐진 듯한 무중력 상태의 내 정신이 지금 너무 마음에 들어서 시간이 멈추기를 바라는 건 아니지만 그렇다고 가는 것도 싫다. 이런 걸 설렘이라 불러야 할까.

여기는 안전지대다. 나는 마음껏 감정을 표출해 낸다.

'어떻게 살까?'에 대한 질문을 하라고 언니가 말했다.

글쎄, 질문이 때에 맞지 않을 때는 그저 기다리는 방법도 있다는 사실을 지금은 눈치챌 수 있다.

＊

입원
11일 차

부유하는 시간에 머물러있다는 느낌.

한 가지 단어로 내가 이곳 생활에서 자주 접하는 단어를 찾았다. 고요. 나는 고요하다.

일생에서 이런 고요를 선사 받을 기회가 있을까.

마치 감동하기 위해 한껏 극대화된 나의 기대를 충족시키기 위한 하나의 이정표를 따라온 것만 같다.

안전에서 온전으로, 평안에서 고요로, 공기의 흐름을 조심스럽게 순환시켜본다.

내가 받아들이는 약효는 탁해진 혈액을 희석시
키고 안개 낀 머리에 신선한 바람을 불어넣어 주고

희미하고 갈 곳을 찾지 못하는 맥박을 잡아 똑
바른 곳으로 바라보게 하며

세차게 뛸 에너지를 심장으로 주입받는 것만 같다.

미처 다 닦지 못하고 그대로 굳어버린 수많은 피
고름에 이제야 하나하나 닦아볼 마음이 든다.

내가 열심히 살아본 인생을 잠시 접어두고 새 도

화지와 새 붓을 손에 쥐여주고 직접적인 죽음 이외에 다른 길도 새로이 쓸 수 있다고 굳어버린 두뇌회로를 흐물흐물 녹여버린다.

◇◇◇

연락의 빈도가 줄어들 수밖에 없다는 것을 항상 알고 있지만, 절박함은 항상 행동에서 느껴진다.

나조차 그랬으니까.

세상 사람 모두가 나와 같지 않다는 사실을 알면서도 항상 어림잡아 아쉬움을 먼저 먹어버리곤 한다.

그들에게는 그들이 나보다 우선으로 하는 대상이 있다는 사실 하나만으로 나는 홀로임을 사랑하는 동시에 나를 외로이 만든다.

나는 행복을 느낄 때는 공책을 잘 펴지 않는다.

생각을 깊게 할 필요가 없는 것이다.

모든 것이 잘 되어가고 있다 느끼는 기분에 머물러있고 싶다.

그곳으로 되돌아갈 준비가 나는 아직 못 되었다.

사라진 기대가 머리 위로 나올 생각을 하지 않는다.

지금 그 기대가 필요하시냐는 선생님의 질문을

오늘의 선물로 간직한다.

나는 하루에 한 번씩만 살아있다는 희망의 줄기를 잡아보면 되는 것이다.

즐기고 누린다는 것의 의미를 이렇게 맛보는 것만 같다. 이질적인 느낌을 이렇게 빨리 벗어던지고 동화된 적이 여태까지 있었던가.

나는 그렇게 또 하나의 나를 만날 준비를 하나 보다.

이것만으로도 감사하다. 무엇에게 감사한지 모르겠다.

아직 나는 살아있음을 감사하기가 되지 않는다.

살아있다. 나는 살아있다. 여전히 살아서 내가 살기를 바라는 사람들에게 차분히 응답한다.

동요조차 불가능해진 응어리 진 가슴이 요동칠 때까지 긴 아주 긴 시간이 필요하더라도.

급한 것도 아직 느리다고 말할 것도 아무것도 말

할 필요가 없다. 오늘을 살고

내일 또 내일의 오늘을 살고 살아본다. 지금.

나는 세상일이 내 마음대로 되지 않는다는 사실을 받아들인 후부터 얼마나 깎여나간지 모르는 나를 잃은 후다.

울음의 해소를 했다. 아주 기분 나쁜 꿈을 꿨다. 사람이 나를 치유해줄 거라는 것을 내가 안다 했다.

과정이 평탄할 리 없음을 살짝 두려워했다. 예상했던 전개라 할지라도 감정을 두드리고 일으켜 세워 밖으로 철철 흘려보내는 일이 버거우면서도 안심시킨다.

나를 세상 밖으로 그만 떠돌게 하고 내 안에서 내 눈과 입으로 바라보게 하고 싶다.

지금이 그런 시간들이었으면 좋겠다.

*

하루 종일 좋다 하는 내가 괴롭다.

괴로워하는 나를 외면했던 내가 너무나도 괴롭다.

하루 종일 좋다고만 하고 싶은 나에게 괴로운 날.

◇◇◇

너무나 원망하고 원망한다. 나의 20대의 꿈과 나
를 앗아가 버린 그들을.

내 고통의 메아리는 항상 나에게로 되돌아왔다. 내가 그렇게 조준한 것도 아닌데 힘을 다시 내어 방아쇠를 당기면

어김없이 조준은 나에게로 가닿았다.

나는 그럴 거라 애초에 생각을 하지 못했던 그 수많은 것들 앞에서 피할 새조차 없이 온몸으로 맞아냈다.

소리 없는 외침이 머릿속에서 뚫고 나갈 만큼 피맺히고 사정없이 속을 찢어발겨도 그 모든 고통이 표피 밖으로 나가지는 못했다.

이제 어떻게든 작은 구멍이라도 내주어 그 틈으로 모조리 흘려보내야 한다.

나는 말 그대로 어느 것 하나 너덜너덜하지 않은 게 없다.

외로움은 일찍부터 평생 안고 가야 할 인생의 숙명이라 받아들였다면 아무에게도 이해받지 못한다는 시린 추위와 같은 고독은 단 한 번도 평범하게 감내하지 못했다.

약해진 육체와 정신에 자꾸만 작은 방울들이 번개처럼 나를 감싸온다. 그것은 스쳐 지나가는 온기일까.

찰나의 감정일까. 고민은 무의미한 지 오래이다.

그럼에도 쓴다. 감정을 되살려내는 일은 고통스럽다.

또다시 죽여야만 하는 과정은 살아있느니만 못하다.

✳

나의 오늘을 발현시킨 존재들이 당연히 하나는 아니지만 그때의 나를 만들어낸 것도 사라지지 않는 과거의 나이겠지. 내가 이곳에 처음 들어온 날, 나는 잘 모르겠다. 내가 희망을 가지고 들어온 걸까. 뭘까.

죽지 않은 시간에 흘러가던 시간을 어떻게든 보내버리려는 나의 의식적인 노력들.

이것도 짜인 것처럼 어떤 의도에 의해 나를 여기에 데려다 놓고 선생님을 만나게 한 것만 같다.

첫날, 나는 마음껏 쉴 수 있는 공간에 갇혔다는 압박을 기꺼이 환영하였다.

사람들이 내 얼굴을 본다는 사실이 미칠 듯이 싫고 바깥의 기척이 느껴지는 상태에서 내가 씻는 소리가 들리는 자체도 끔찍하기만 하였다.

매일 이런 느낌이 들면 내가 그 경계선을 아무리 시간이 지난다 한들 내려놓고 나아질 수 있을까. 하는 불안을 품고 씻었던 날들이 떠오른다. 없는 정신으로도 반신반의하기만 했다.

여전히 불편하긴 하지만 그렇다고 내 삶의 궤도를 수정하기는 싫다. 나는 혐오스럽다. 당장 마스크를 써서 내 얼굴을 가리고 싶을 만큼 당신이.

선생님과의 만남은 나를 아직 이 땅에 살아있게

할 의미를 함의한다.

내 마음이 이해받고 있다는 확신. 나는 너무나 큰 감동을 받는다. 계속되었으면 좋겠다.

내 마음이 열리고 내 입이 트이고 내가 이 자기고백을 끝마치면 그렇게도 찾아 헤매던 너무 멀어 자꾸만 방해되었던 성에를 모두 지운 깨끗한 창문으로 맑은 세상을 바라볼 수 있기를.

나를 신경 쓰는 사람들 모두가 나에게만 집중할 수 없다는 걸 알지만 나는 어린 시절로 돌아간 것처럼 관심을 나눠야 하는 모든 순간들 앞에서 어른이길 포기하고 그저 기다린다.

선생님은 이곳에 들어오기 전까지 나의 5년의 시간을 글로 정리해서 보여달라 요청하셨다.

처음으로 아무 이해관계 없이 내 감정까지 담아 글로 정리하니 드디어 뻥 뚫린 것처럼 표백제를 바른 듯

머리가 새하얘졌다. 시원한 동시에 글 속에 존재하는 나로 인해 또다시 내가 아파왔다.

5년의
고백

1. 15년 12월

○○ 면세유통 사업부 물류부문에 지원하여 최종 합격 후 입사했다.

꿈꾸던 대기업 입사였다. 부모님 또한 굉장히 자랑스러워하시고 나 또한 잘해나가고 싶은 마음뿐이었다.

2. 16년 2월

인천 물류센터에서 한 달간 동기 2명과 OJT를 받은 후 각자 맡았던 업무 PPT 발표를 했다. 다음 날 파트 배정이 되었는데 OJT 동안 너는 서울로 갈지도 모르니 집을 구하지 말라던 선배들 말과는 다르게 갑자기 내가 물류회계에 배정을 받았다. 내가 원래 간다던 파트에는 기존 회계담당자 이름이 들어가 있었다.

발표와 함께 밤낮없이 출근부터 밤 10시부터 때로는 11시까지 약 10일간 주말도 불려 나가 인계를 받았다.

2번이나 그룹장과 파트 배정에 대한 면담을 진행했으나 회계담당자가 완고하여 쉽게 이뤄지지 않았다. 회계담당자는 단 1명이었고 내가 그 업무를 맡게 되면 적어도 나도 나 같은 신입사원을 자리에 꽂아놓지 않는 이상 절대 빠져나가지 못할 것만 같았다.

집을 구하지 않은 상태에서 게스트하우스, 부동

산 주인집에서 출근하며, 무리한 업무인계를 받던 도중 스트레스로 인한 대상포진 및 뇌수막염 감염으로 사무실에서 쓰러졌다. 입원 치료를 받고 담당 주치의 님께서 6개월 이상 요양이 필요하다 하였으나 어떻게 들어온 회사였는데 신입사원이 자리를 오래 비우고 쓰러진 것만으로도 너무나 신경이 쓰여 복귀를 하겠다 말씀드렸고 바로 서울 물류파트로 발령받았다.

　　업무 중 수시로 번개가 내리치는 고통이 일었으나 마약성 진통제를 수시로 복용하며 버텨냈다.

　　이후 상기 건은 사내 중대사 보고되었다고 들었고, 안전환경그룹에서 종종 건강 확인 연락을 하여 나는 스스로가 회사의 모니터링 대상이겠구나 생각이 들었다. 복귀 후 사무실을 같이 쓰던 응급구조사가 내 병명을 듣고는 의아해하며 원래 앓고 있던 지병으로 쓰러진 줄 알았다며 업로드된 보고서를 나에게 확인시켜주었다.

일상회복 프로젝트
: 지금 죽고 싶은 너에게

이 건으로 나는 회사 내에서 문제제기를 하더라도 얼마든지 묻히고 목소리 낸 사람만 불이익을 당하겠구나라는 인식이 심어졌다.

가해자는 16년 4월 내가 속한 파트의 직속 상사로 발령받아왔다.

3. 16년 여름

화물 엘리베이터에 직속 상사와 단둘이 탑승하였다.

사무실은 B1F이고 우리는 1F 하역장으로 가는 길이었다.

엘리베이터 문이 열리고 발을 떼려 하는데 갑자기 뒤에서 엉덩이를 손등으로 두어 번 툭툭 쳤다.

"내려."라고 말하며 상사가 먼저 내렸다.

나는 순간적으로 너무 놀라 소름이 끼쳐 상사를

돌아봤으나 그는 정말 아무렇지 않은 얼굴로 내렸고 나는 따라 내렸다. 이때까지는 대기업 안에서 그런 일이 그렇게 쉽게 발생할 수 있으리라 생각하지 않았다.

단순 실수겠지. 손이 거기 있어서 내려라고 친다는 게 잘못 친 거겠지 식으로 열심히 합리화하고 털어냈다.

직속 상사는 평소 업무 중 얼굴을 볼 쪽 가까이 대거나(책상 위 물건, 모니터 등) 하였지만 연배가 아버지뻘이라 눈이 잘 안 보이는 줄 알고 내가 몸을 뒤로 빼거나 근무한 지가 이미 25년 이상이었기 때문에, 또한 사람 좋은 웃음과 평판이 괜찮아 그럴만한 사람이라고는 더욱 생각할 수 없었다.

또한 인정하는 순간 내 삶을 돌이킬 수 없음을 알아 더욱 무시하려 했다.

그는 종종 "너 내 며느리 할래."라거나 "우리 작은아들 소개해줄까."라는 농담을 하곤 하였다.

일상회복 프로젝트
: 지금 죽고 싶은 너에게

적어도 나를 자신의 아들 나이로 인지하는구나 생각했었다.

4. 16년 가을

직속 상사와 카페테리아에서 협력사 간담회를 함께 참석하였다. 팔걸이가 없는 등받이 소파 좌석에 상사는 내 왼쪽 바로 옆에 앉았다. 미팅 중간쯤 허벅지 쪽 느낌이 이상해 내려다보니 상사의 오른쪽 손날(새끼손가락)이 내 왼쪽 허벅지에 붙어있었다. 거리감이 불편해 나는 계속해서 오른쪽으로 슬금슬금 움직이며 자리를 피했다. 테이블이 벗어나는 데까지 나가면 사람들이 이상하게 여길까 봐 끝 지점에 멈춰 앉았고 상사가 손을 올려댈 때마다 계속해서 손을 쳐냈다. 현실 같지가 않았다. 고개를 들어 앞을 보면 미팅이 한창이고 나는 손을 계속 쳐 내리는데 아무도 내 상황을 눈치채주지 않았다. 지옥 같은 시간이 끝나고 상사를 빤히 쳐다보자 이번에도 무슨 일이 있었냐는 듯 나를 쳐다봤다. 나는 내가 꿈을 꿨나 싶었다. 보안실로 달려가 CCTV를 확인해보려 했으나 목적을 뭐라고 말해야 할지의 앞에서 적당한 답을 찾아내지 못했다. 괜히 요청했다가 신입사원이 상사를 모함한다는 구설수에 시달릴 것 같아 포기했다.

5. 16년 겨울

사무실이 이사를 했다. 상사와 나의 자리는 캐비닛을 등 뒤로 두고 내가 끝쪽, 상사는 맨 안쪽 자리였다. 상사가 복도 쪽으로 나가려면 게걸음으로 내 등 뒤를 지나쳐야 하는 구조였다.

아침에 출근 후 코트를 벗으려는데 먼저 출근해 있던 상사가 일어나는 듯했다. 나는 일련의 일들로 경계를 세운 참으로 얼른 일어나 책상 쪽에 바짝 붙어 서서 넘어지지 않기 위해 왼쪽 손을 의자 등받이 위에 잡고 있었다. 상사가 지나가기를 기다리는데 갑자기 의자 위 손이 잡혔다. 인정할 수 없던 순간을 맞는 듯싶었다.

그래도 제발 아니기를 바라는 마음으로 속으로 3초만 더 세고 그때도 놓지 않으면 돌아보자 마음먹었다.

1초, 2초, 3초가 지나고 뒤돌아보자 내 손을 잡고 활짝 웃고 있었다.

그 얼굴을 마주하자마자 소름이 확 끼쳐 손을 내던졌다.

상사는 단 1초의 어떤 당황함이나 망설임도 없이 날아가는 손을 자연스럽게 자기 잠바 주머니에 넣고 유유히 나를 지나쳐 갔다.

나는 그 웃음에서 절망을 맛봤다. 자신이 저지르

는 행동에 일절 잘못이라는 없다는 그 당당함과 고의성이 나를 강타했다.

앞을 보고 앉지도 못하고 패닉이 온 상태로 서있는데 어느새 돌아온 상사가 마치 확인시켜주듯이 양손으로 양 허리를 잡아 올렸다. 한 번의 헛기침과 함께.

머리가 암전이 됐다. 귀에서 삐 소리가 나고 내 인생이 망했다는 사실을, 이 문제를 내가 앞으로 어떻게 풀어나가야 할지 한겨울에 외투를 벗고 밖으로 달려 나가 심호흡을 하며 숨을 골라야만 했다.

6. 17년 초

인천에 있는 물류그룹장이 서울점으로 연말 업적 고과 면담을 하러 오는 날만 기다렸다.

내가 그룹장 이전에 당시 서울 책임자인 파트장에게 이 내용을 미리 털어놓지 못한 이유는 그는 내가 술을 잘 못 마시고 애교가 없다는 이유로 식고문을 비롯하여 술을 못 마시니까 회식에는 갈 필요가 없다든가 하는 식으로 자리에서 배제시켰고, 너랑 동갑인 고객 서비스 여자애는 나를 오빠라 부르기로 했다든가, 너처럼 술 못 마시면 예전 같았으면 엎드려뻗쳐하고 빠따로 때렸어, 길에서 여자가 담배 피우면 싸대기를 때려도 경찰도 용인하던 시대였다면서 그때 나를 추행한 직속 상사가 옆에서 그러니 너는 이렇게 우리랑 겸상도 하고 운 좋은 줄 알아라는 말을 내뱉으며 둘이 호형호제하던 사이라 내가 도움을 청할 적임자가 아니라 생각했다.

17년으로 넘어오면서 나를 괴롭혔던 위 파트장은 H회사 물류팀장으로 이직이 결정되었고, 그 밑이던 대리가 과장이 되면서 새로 파트장이 된 후였다. 위 셋은 함께한 근속연수가 10년 이상이었기 때문에 나는 경력 이직자인 당시 그룹장을 만나는 날만 손꼽아 기다리며 가해자인 직속 상사와 단둘이 놓이는 상황을 절대 만들지 않았다. 필사적으로 그를 피해 다녔다.

면담 후에 그룹장이 혹시 요즘 뭐 별다른 일은 없냐는 질문에도 이 얘기를 할까 말까를 수십 번 망설이다가 이대로는 업무가 아니라 일상생활 지속도 힘들 것 같아 총 3건의 추행사실을 자세하게 털어놓았고 그룹장은 바로 얼굴을 굳히며 있을 수 없는 일이 벌어졌다고 조금만 기다리면 내가 조치해주겠다 하였다.

너무 걱정하지 말라 하여 나는 한시름 놓고 그룹장에게 연락이 올 날만 희망을 가지고 기다릴 뿐이었다.

일주일 뒤 근무 중 휴대폰으로 그룹장에게 전화가 걸려왔고, 받자마자 그는 "그 사람에게 내가 강하게 경고했으니, 너도 아무 일 없던 것처럼 지내봐. 사람이니까 한 번 실수했다 치고."라는 말을 건네왔다.

나는 그저 "네."라고밖에 하지 못하고 끊었다. 그때는 그룹장의 결정이 곧 회사의 결정이라고만 받아들일 때였다. 내가 또 괜한 기대를 해서 세상이 좀 변한 줄 알고, 대기업은 좀 다를 줄 알아서 일을 그르쳤다는 생각만이 몰려왔다.

그룹장과 전화를 끊고 나자 파트장이 면담을 하자고 다가왔다. 싫었다. 후회했다.

앞으로 내 고과를 담당할 파트장에게 본인과 10년 이상 근무한 선배를 성추행으로 신고한 신입사원 그 이상 그 이하도 아닐 텐데 달라질 게 아무것도 없는 상황이었다. 가해자랑 무슨 일이 있었느냐는 질문을 듣고 그룹장에게 배신감을 들었다. 치부라 생각하여 수없이 고민하다 털어놓은 얘기를 아무 해결도 없이 업무 내리듯이 파트장에게 내렸다. 나는 어차피 앞으로 근무해야 한다면 그룹장이 말한 것처럼 아무 일 없던 것처럼 지내며 살아날 방도를 찾아야 했다.

✳

나는 그냥 내가 좀 많이 예민한 편이어서 가해자가 조금 가까이 붙는 게 불편하다 했다.

　　파트장은 이미 들어서 알고 있는 눈치였다. 자신의 딸 얘기를 했다. 나는 내 아픔을 뒤로하고 졸지에 그 순간조차 파트장의 딸을 안쓰러워해야 했다. 그렇게 면담이 끝나고 근무 자리가 원래 앉던 자리에서 바로 앞자리로 바뀌었다. 그게 다였다. 대각선엔 여전히 가해자가 앉아있었다.

　　단지 자리만 바뀌었을 뿐 분위기를 흐리지 않으면서 가해자를 직속 상사로 계속해서 모셔야 하는 일은 매일 밥을 먹을 때조차 그 사람이 먹는 소리에 속이 역류하였고 나를 살아있는 한 인간이 아닌 그냥 손 내밀면 언제든 마음대로 만질 수 있는 어린 여성의 살덩어리 그 존재로 나 스스로를 전락시키던 그 순간을 계속해서 재생시키는 일이었다. 꼭 사회에서 이 정도는 해도 된다는 권리를 가해자에게만 준 것 같았다.

이때 그룹장이나 보고받은 임원이 조사만 했었어
도 엘리베이터, 카페테리아, 사무실 밖 CCTV 모두 확
보할 수 있었을 텐데 지금은 시간이 너무 지나 복원
이 불가능하다. 이마저도 내 탓만 같다.

퇴근하면 잠자리에 누워 정상과 비정상의 경계를
헤아렸다. 내가 이상해져 가는 것만 같아 불면증과
속이 얹히는 날들이 계속되었다.

7. 17년 여름

더 이상 사는 게 사는 것 같지 않았다. 그룹장에
게 재차 분리해달라는 카톡을 보냈다. 아무 일 없이
못 지내겠으며 몸도 안 좋다고 또 인사그룹으로 바로
가면 보고체계를 무시했다고 윗선들에게 찍힐까 봐
먼저 카톡 한 거였다. 곧바로 전화가 오더니 또 잠시

만 기다려달라 했다. 잠시 후 직속 임원 비서에게 먼저 전화가 걸려왔고 아름 씨에게 비서 자리 제안이 올 건데 어떻게 할 거냐는 물음이 왔다. 나는 갑작스럽게 벌어진 상황 전개에 정신을 차릴 수 없었다. 이내 그룹장은 두 가지 선택지를 주었다. 1. 서울점 잔류 2. 직속 임원의 비서와 회계

사면초가였다.

1번 선택지는 임원 비서를 거절하는 동시에 그 임원 밑에서 일을 해야 하는 함과 가해자가 인천으로 이동하더라도 업무적으로 얽히고설킨 면세 물류는 하나의 팀으로 매일 연락하며 지내야 할 테고 2번 선택지로 아예 직무 변경을 하되 그나마 가해자와 접점이 줄어들 것 같아 선택지 없는 선택을 내려 10일 만에 곧바로 인천으로 발령받아 갔다.

이때에 나는 하루 종일 '유구무언'을 되뇌며 가십에 미친 듯이 신경 쓰는 사람들에게 비서로 오게 된

경위와 그 밖의 소문에 대해 귀와 눈과 입이 있으나 그 어느 것도 열 수 없었다.

그저 사그라들기를, 지나가기를 기다리는 것이 다였다. 사람들은 라인을 중요시하고 승진을 위해 정보의 지근거리에 있는 비서와 친하게 지내고 싶어 했다. 나는 문제를 일으킨 직원이라는 피해의식으로 임원의 눈 밖에 나지 않기 위하여 필사적으로 적응하려 했다. 쓰러질 만큼 싫어하던 회계업무도 부 역할로 받아들였다.

8. 17년 가을

임원 심부름차 서울점을 방문했다가 내 보직 자리로 대신 간 전 비서와 만났다. 가해자가 어떤 느낌인지 알겠다고 자기도 비슷한 느낌을 받았다고 왜 바로 인사그룹으로 가지 않았냐는 말에 집에 돌아와 몰

려오는 죄책감을 어찌할 바를 모르다 너무 괴로워 목 놓아 울다가 몸이 이상해져서 집 근처 살던 회사 선배에게 급하게 전화를 걸었다. 저 좀 봐달라 도움을 요청하려는 동시에 과호흡이 시작됐다. 그 시간 사무실에서 업무 중이던 선배가 119를 불러주고 응급실로는 가까이 살던 선임이 데리러 오고 정신을 차린 뒤에는 친한 선배 집이었다.

9. 18년부터 19년 2월

가해자가 공항 입찰과 함께 인천으로 발령받아 왔다. 가해자와 나는 전보다 더 자주 마주쳤다.

각종 행사, 회식 및 업무적 연락이 빈번해졌다. 사무실 또는 회식장소에서 마주칠 때면 나는 그 사람을 못 본척하기 위해 항상 시선을 비껴 쳐다봤고 최대한 안 보이는 곳에 앉기 위해 노력했다. 회의실은 마주 보는 장소라 때로는 맞은편에 앉아야만 했고 나는 고개를 들 수가 없었다. 교육일정도 겹치지 않도록 항상 그 사람 일정을 먼저 확인한 후 다른 날 정해야 했다. 무력감에 이제는 과호흡이 시도 때도 없이 찾아와 업무 중에도 수액을 맞고 다시 복귀하여 일을 하거나 과호흡을 했는지도 모르는 사이에 갑자기 기절을 해 비닐봉지를 가지고 다녀야만 했다. 점점 계단을 오르는 일도 힘겨워져 숨이 갑자기 모자라기 시작하면 곧바로 주저앉거나 화장실로 뛰어가 비닐봉지를 꺼내고는 숨을 골랐다. 이 모든 상황 속에서 비릿하게 피어오르는 역겨움은 모두 내 몫이었다.

10. 19년 2월

비서 직무상 팀원 생월자 파티를 준비해야 했다. 가해자도 같은 팀원이니까 예외는 없었다.

가해자의 명단을 확인한 날부터 귀가 아팠다. 모든 게 후회스러워졌다. 내가 지금까지 무엇을 위해 악착같이 이 회사에서 버텼을까, 내가 맞닥뜨린 건 회사에서 받은 인정이 아닌 가해자의 생일 상품권과 케이크를 사야 하는 일이었다. 회사에 인정받기 위하여 나는 갑자기 들이닥친 업무에 적응하기 위해 누가 창살을 내렸는지 모를 감옥에 스스로 갇혔다. 24시간 임원 스케줄에서 긴장감을 하루도 놓은 적 없이 내 스케줄을 전부 회사를 위해 짜 맞추고 퇴근 후에도 긴장이 풀리려면 대리기사 배차가 끝나야만 했다. 임원의 심기를 거슬리지 않기 위해 그와 나를 동일시했다.

　　케이크와 상품권을 준비하고 파티 당일 날은 옆 회의실에 숨어 다른 사람에게 부탁 후 나는 울었다.

　　그날로 전 비서에게 우리 일을 알고 있다던 인사그룹 직원을 물어봤고 다른 담당자인 노무사를 안내받아 곧바로 신고하였다. 이후 간신히 연차를 내고 사내 상담사를 만나 진술서를 작성 후 조사가 시작됐다.

11. 19년 4월 초

두 달간 주변 직원들이 물량 폭등으로 정신없는 와중에 나의 신고로 조사를 받기 위해 자리를 비우고 서울로 출근하는 모습, 수군대는 모습, 안쓰럽다는 듯이 나를 바라보는 모습들을 지켜봤다.

회사에서 상담연계를 해주어 집 근처에서 상담치료를 받기 시작했다.

이때쯤 피해의식이 이미 극에 달해 외부 상담사에게조차 임원에 대한 욕만은 절대 하지 못했다.

이때까지는 이제는 회사가 온전히 나의 입장을 헤아려줄 줄 알았다.

사회가 16년도와는 다르니까. 징계위원회 결과가 나와 연락을 받았다. 가해자는 정직 1개월. 끝이었다.

부서 전배도 없었다. 가해자는 갈 부서가 없으니 내가 또 옮겨야 한다고 하였다. 처음으로 목소리를 냈다.

나는 가기 싫습니다. 왜 내가 가야만 하나요. 왜 피해자가 그 사실을 고려해야 하나요라고 항변하였지만

가해자는 그대로 한 달이 지나 또 같은 부서로 복귀하였다.

회사는 부서는 같지만 근무공간이 다르니 문제없다는 입장이었다. 나는 지금까지 그럼 왜 쓰러졌을까.

12. 19년 어버이날

가해자는 복귀했다. 나는 출퇴근길에 눈을 감고 운전대를 놓고 초를 세봤다.

이대로 죽으면 이게 내 운명이고 누군가가 내 억

울함을 밝혀주겠지. 다른 자살방법을 쥐어짜 내기에

내게 남은 생각의 틈이나 여유는 없었다. 얼마 해보지도 못하고 나의 엄마가 암 판정을 받으셨다.

신이 나에게 죽으라는데 왜 그렇게 아직도 안 죽고 버티고 사냐고 벌을 주는 것 같았다.

나는 힘이 정말 없는데 정신이 모두 바닥났는데 지금 죽어버리면 가족들에게까지 내가 가해자가 되게 생겼다.

그럼 나 자신이 죽어서까지 안쓰러워 엄마를 살리기 위해 나도 살아내야 했다.

곧바로 임원에게 퇴사 의사를 밝혔으나 임원의 만류로 간병휴직을 들어가기로 했다.

두 달 동안 그렇게 가해자와 여전히 같은 부서로 근무하다 엄마의 수술과 항암치료를 시작하면서

나는 비서직 인수인계를 새로 온 분에게 급하게 마치고 3개월 휴직에 들어갔다.

13. 19년 가을

복귀 5일 전까지 나의 부서는 정해지지 않았다. 모욕감을 느꼈다.

나는 회사에 미련이랄 게 없었다. 퇴사 의사를 인사그룹 담당에게 전하자 이틀 뒤 해외영업팀으로 발령받아 서울로 출근했다. 출근하자마자 새 업무를 배우면서 새로운 사람들과 친해지기 위하여 노력을 할 힘이 내겐 존재하지 않았다. 엄마 항암치료를 매주 병행해야 했다. 이 와중에도 인사그룹은 이 부서에 넣어준 자신들의 노고를 치하받길 원했다. 인사그룹장이 힘썼다는 담당자의 말에 내 입에서 도저히 감사하다는 말이 잘 떨어지지 않았다. 그저 어이가 없었다.

14. 19년부터 20년 초

새 부서 그룹장과 첫 면담 날 엄마 얘기를 하며

퇴사를 하겠다고 하자 피해자가 왜 퇴사해야 하나며 가해자 얘기를 꺼냈다. 당황했지만 부서장이니까 넘겼다. 자율 출퇴근제로 일정을 맞춰보라 하여 나도 아직까지는 이 회사를 버리고 싶지 않은 마음이 남아있음을 알았다.

이때의 나는 뇌가 갈기갈기 찢기는 고통으로 살았다.

업무를 배우고, 사람들에게 나를 새로 소개하는 일, 그중에 누구는 알고 또 누구는 모를까,

내가 왜 이 고생을 지금 해야 하는 걸까. 더 이상 못 버티겠어서 20년이 되자마자 다시 퇴사 면담을 했다.

퇴사 면담 때 내 파트장은 나의 "전에 있던 일련의 일로 지쳤고."란 말에 "어 너 아주 핫했지."라 응답했다.

나는 무슨 뜻이냐 되물었지만 파트장은 말을 돌

렸고 나는 인이 박힌 상황이라 신경 쓰지 않았다.

친했던 전 부서 선배가 가해자가 흘리고 다니는 말들을 전해주곤 했다.

"걔가 뭐가 예쁘다고 만지냐. ○○○이면 모를까.", "나는 억울하다. 변호사를 선임해 대응하겠다." 등 자주 듣던 멘트였다.

나의 옆자리 남자 직원은 나의 앞자리 후배에게 메신저로 "타 부서 ○○에게 들었는데 회사에서 설마 그런 일이 있을까 싶더라. 아름 씨가 손 한 번 스친 거 가지고 예민하게 반응하는 거 같은데 나도 괜히 실수할까 봐 장난도 못 치겠다."라고 보낸 화면을 보여주었다.

그냥 새 부서 오기 전에 나는 이 모든 게 그려졌는데 내가 전 부서로 다시 돌아갔다가 진짜 미쳐버려서 엄마 간병을 못할까 봐 그게 겁이 나서 부서를 옮겼다.

환영회를 거절하는 일, 연말 신년회를 즐기는 일
모두 뇌가 분리되는 것 같았다.

15. 20년 3월

회사가 상담지원을 끊어버렸다. 이제 받고 싶으면
자비로 받아야 한다고 다시 받고 싶으면

다시 신고하라 했다.

퇴사 날짜 3일을 앞두고 보좌했던 임원이 점심을
먹자고 불러 1시간 넘게 설득했다.

임원은 연초에 상무에서 전무로 승격하였다. 나
는 그를 보좌하며 보았던 인적 네트워크를 잘 알았고

학습된 두려움으로 인하여 임원의 말을 거스르
는 게 되지가 않아 퇴직원을 내지 못했다.

*

16. 20년 6월

상담을 받지 못하는 날들이 이어지고 엄마 치료가 어느 정도 마무리되자 분노가 폭발했다.

상담받던 곳에서 자문을 받아 한국성폭력상담소에 찾아갔고 법률자문을 받으며 가해자를 고소했다.

회사는 엄마의 항암 부작용이 심해졌던 5월쯤 나도 더 이상 사회생활이 불가능한 상태인 것 같아 코로나로 인해 생긴 휴직계를 냈다.

17. 20년 7월

고소 건으로 상담지원을 끊었던 그 사내 상담사에게 갑자기 연락이 오기 시작했다.

걱정된다는 내용이 내겐 너무나 큰 심리적 압박을 느끼게 했다.

불안감이 극에 달해 인사그룹에 연락하여 당일

바로 퇴직계를 쓰러 갔다.

'성추행으로 인한 퇴사'는 적을 수 없다 하였다. 담당 형사님과 통화 중 내가 그만뒀다는 사정을 듣고는 피해 직원에게 고소 건으로 절대 연락하지 말라 당부했다면서 그렇게 하지 말라 했는데라며 화를 내셨다.

회사가 일부러 그런 것만 같았다.

18. 20년 11월

서울을 정리하고 지방으로 이사를 가면서 한국성폭력상담소에서 지원을 받아 상담을 다시 시작했다.

가족들에게는 엄마 건강이 신경 쓰여 미국으로 이민 가있던 언니에게만 고소 사실을 털어놓았다.

가족들 앞에서는 여전히 똑 부러진 딸이어야만 했다.

이때 회사를 노동청에 신고하였다. 실업급여를 받기 위하여 찾아간 고용노동센터에서 법적 서류로 증명을 해내지 못하면 실업급여를 받을 수 없다 하였다. 나는 이왕 이렇게 된 거 5년 동안 신고할 날만 손꼽아 기다리며 모았던 증거들을 제출하였다.

나는 가기 싫다 말하는 녹취록 하나만으로, 전무의 메모지, 그룹장의 카톡으로 증명될 줄 알았다.

그것은 내 안일함이었다.

19. 20년 12월 말

벌금형으로 검사가 구약식 처분을 내렸다.

20. 21년 1월 말

한 달 동안 말도 없던 노동청이 처리결과를 통보

하였다.

문제가 되는 부분은 시간이 너무 많이 지났고, 회사에서는 가해자를 보낼 수 없는 합리적인 이유가 있으며 2차 가해 또한 회사 측 직원들이 제출한 진술서 입장만 반영되었다.

너무 억울하고 억울하여 며칠을 울기만 하다가 그래도 곧 고소 건이 확정 지어지면 뒤도 안 돌아보고 다 버리고 외국으로 나가 새 시작을 하겠다고 다짐했다.

21. 21년 3월

구약식 처분이 확정되는 날을 기다리고 있는데 구공판 기소로 사건이 넘어갔음을 확인했다.

재판 날짜는 미정이며 코로나로 대기가 길다고 했다. 분명히 잘된 일인데 맥이 빠졌다.

✳

6월에 나가려던 계획을 전부 취소시켰다.

22. 21년 6월

재판 날짜가 확정되었다.

가해자는 이날까지 단 한 번의 사과도 없었다.

중간에 거짓말탐지기 조사를 내가 먼저 하면 자기도 받겠다거나, 재판으로 넘어가자 다른 과장을 통해 내가 도대체 뭘 바라는지 모르겠다, 가장으로서 너무 힘들다, 어디까지 가려는지 모르겠다는 입장을 전해 들었을 뿐이다.

나는 가해자에게 미안해할 죄책감의 단 1그램도 없을 만큼의 죄를 대신 짊어지고 살았다고 생각한다.

5년간의 고백을 주치의에게 제출한 후 나는 그저 다시 하염없이 우는 것 말고는 할 줄 아는 일이 없었다.

미처 벗겨내지 않은 옆자리 흰 시트가 어둠 속에 눈을 뜬 순간마다 영안실에 있는 느낌을 준다.

악몽을 꿨다. 악몽이 싫지만은 않은 이유는 내가 어떠한 미화 없이 포장지가 벗겨진 내 삶의 날것을

조망하기 때문이다. 주말은 어떤 시간일까.

시간이 무한정 넘쳐나는 듯하지만 어제와 같이 시간이 가고 마무리를 지을 시간이 다가온다.

공백을 메울 고민도 하고 싶지 않은 요즘 그저

✳

시간을 그냥 보낸다.

그제는 꿈에서 내가 잠을 자는데 누군가가 조심스럽게 검지손가락을 내밀었다. 나는 반신반의하면서도 그 구원의 손길이라 믿어 마지않는 손가락을 감싸 잡았고 약간 안도하며 눈을 뜨고 그를 따라 초대받은 식사 자리에 갔다. 나는 무엇인지도 모른 채 갑자기 기만당했고 배신감에 치를 떨면서도 겉으로는 웃는 연기를 지속하다 깨어났다.

마지막의 마지막까지 내가 잃지 않으려 노력했던 뇌세포의 자폭과 맞바꾼 가식적인 미소.

그 희생을 내가 누구에게 요구할 수 있을까. 그 희생의 대가를 어느 곳을 향해 되물을 수 있을까.

**입원
18일 차**

알고 싶지 않은 진실에 점점 다가간다. 내가 나의 생을 살아내기 위하여 매번 외면해왔던 삶의 진실을 모조리 벗겨내어 정면으로 바라볼 기회. 나는 더 이상 두려운 진실이 존재하지 않는다.

그럴 줄 알았으니까.

미칠 것 같다. 뉴스를 보면 안 되겠다. 이 중사와 자꾸만 동일시하게 된다. 그냥 나도 녹음파일이 있으니까 들어본 건데 더 처절한 내 목소리가 들려와 넌 왜 아직도 살아있냐고. 이 고통을 감당할 자신이 있 겠냐고 묻게 된다.

자신이 없어진다. 선생님을 믿는다고 했는데도 갑 자기 너무나 불안하다.

**입원
19일 차**

생각을 계속해봤는데 아쉬운 게 없다.

생각이 진행되지 않는다.

항상 아쉬움이 넘쳐흐르던 게 내가 사랑하는 나의 미래였는데 내 사랑이 모두 어디로 가버렸을까.

　　황무지에 홀로 서있는 나무의 버석함과 같다.

　　이곳은 마지막 모래폭풍을 기다리는 나에게 갑
자기 내리는 가랑비 같다.

고독 속에서 자유를 외친다. 면담의 마무리인가, 피날레인가, 마쳤다. 끝났다. 자기 고백을 끝마쳤다.

개운하다. 사람의 종결을 이야기하는 와중에 그래 이게 네 인생이야라는 마치 신의 계시처럼 계속해서 면담실 문이 두들겨졌다. 비극적 장면을 노크 2번으로 파열을 일으켜 희극으로 만들어버리고야 마는 이곳.

나는 오늘 세차게 울다 세차게 웃으며 내가 살아

내는 이 길이 어느 방향으로 향하는 건지 체감해냈다.

이제는 여기서 나가기 싫으면 어쩌지 같은 고민도 피어오른다. 더 이상 연명이 아니라 삶을 이어가는 나날들이라 기록을 바꿔보고 싶다.

일상회복 프로젝트
: 지금 죽고 싶은 너에게

오늘 잘 일어나서 책 읽고 영화도 보고 운동도 하고 밥도 간식도 잘 먹었다. 오늘은 다 잘한 첫날이다.

생각나지 않는 오랜만에 만끽한 휴일이었다. 머릿속 재생을 한순간에 정지시킬 수는 없는 법.

비워냄을 연습하고 연습해서 첫 단추를 꿰매던 시기를 맞이했던 것처럼 나에게 또 그렇게 야멸차게 행복하게 살아볼 기회를 앗아가지 말자.

그만큼 더 이상 숨을 쉬는 것조차 버거울 만큼

힘들다는 사실을 알아주자. 요즘 나의 숨을 듣는다.

아주 얕고 가늘게 산소호흡기를 마치 심장에 붙이고 있는 상태가 아닐까라는 생각이 들게끔 쉬는 것만 같다.

아직은 언제라도 이 차단벽이 거두어지면 호흡기가 제거되어 내가 그만큼 슬퍼하고 싶지 않을 만큼 슬프더라도 지금의 나를 배반할 것만 같은 두려움이 있다.

내 어린 날의 버킷리스트 중에 가장 뚜렷했던 하나는 '크루즈 여행'이었다. 지금은 '이었다'라는 기억을 가지고 있는 상태이다. 글의 목적성이 내 인생의 조각나버린 단편들만을 바라볼 수밖에 없어졌구나라는 사실을 과거의 일상 기록을 보며 생각보다 넓은 스펙트럼을 보고 생경해진다.

그럼에도 삶이란 걸 줄기차게 영위해나가던 흔적의 연속들.

아쉬울 게 하나 없어진 상태는 득도 아니면 해탈이라 생각하였는데 계속해서 그 사이를 비집고 '죽음'의 그늘이 드리워졌었구나. 이유를 알 수 없었다. 죽음의 그늘 앞에서는 그 무엇도 소용 있는 것이 없었기 때문이다. 무의미는 무의지로 이어진다. 무의지는 삶의 지속성에 대한 의문을 제기하고 답은 오직 내 고통만이 말해주고 있었다.

너무 고통스럽다고, 너무 고통스러웠다고, 이렇게 된 게 내 탓이 아니라는 말조차 관계없다 여겨질 만큼 그냥 고통을 더 이상 느끼고 싶지 않은 거라고 말하고 있었다.

그저 비워진 머리에 활자를 계속해서 입력해본다.

글자의 울림이 통하는 가슴이 생동감의 희망을 계속해서 불어넣어 주고 있다. 글을 쓰기 위해서는 눈이 트여야 한다. 지금의 내 시야는 한없이 좁기만 하다. 담을 수 있는 것이 그리 풍족하지 못하여 배출해

낼 만한 욕망도 그리 탐스럽거나 자랑할 것이 못 된다.

이곳의 순수한 영혼들이 좋다. 그들은 너무나 맑고 너무나 투명해서 계산 없는 솔직함으로 평화를 상징하는 존재들이다. 나는 이 모든 것에 동화될 준비를 마친듯하다.

나는 그 사람 밑에서 일하면서 '냉정'을 체득화했다.

그것은 내가 가진 심성 중 가장 나를 기만하는 행위의 연속이었음을, 돌이킬 수 없는 메마른 나를 조우할 때마다 뼈아프게 느껴야만 했다. 웬만한 상황의 급변은 나를 더 이상 숨 가쁘게 만들지 않는다. 너무나 많은 순간들을 아무렇지 않은 척 해결하는 법부터 곧바로 꺼내 들어야만 했으니까.

나의 변명 따위를 듣고 싶은 순간은 그때에 끼어

✳

들 틈이 전무했기 때문이다. 그 모든 순간에 내가 냉정을 가장하기 위해 매 순간 나를 죽여야 했음을. 돌아오지 않는 것들에 대하여 감정의 소생은 어디에서 어떻게 되찾아야만 하는 것일까.

일상회복 프로젝트
: 지금 죽고 싶은 너에게

**입원
25일 차**

내 역할이 뭐더라.

그냥 행동이 가는 대로 말이 나오는 대로 힘들이지 않고 움직이고 말하고 지내고 있는데 내가 어떤 사람에 대해 끊임없이 계산하고 그 짜 맞춘 액자에 맞춰 지내왔던 날들이 모조리 불필요한 드라마의 역할이었던 것처럼 자연스럽게 진행되고 있다. 길게 또 깊게 생각할 필요 없이 선생님만을 믿고 내가 앞으로를 기대하기 시작했다는 것.

*

하나 특이점은 기존에 맺고 있던 인간관계들에 모조리 고마움이 느껴지지 않는다.

세상은 원래 혼자 헤쳐가거나 한쪽이 좀 더 희생하는 사실을 일깨워준 것은 그들이 아니었나.

나는 당연히 나를 이제는 보내줘야 한다는 생각을 했고 지금 내가 노력하는 것은 원래 내가 갈고닦아 왔던 나의 의지와 습관과 선생님의 등장인 것이다.

내가 열심히 해줘서 고맙다는 말을 내가 원래 살아왔던 리듬에 맞춰 칭찬을 받을 때마다 힘 안 들이고 재주를 넘는 기분이다.

예전에는 감사를 받으면 되갚아야 할 부채의식 또는 계속해서 내가 노력을 해주길 바란다는 무언의 압박으로만 다가왔다면 이곳에 들어오고 나서야 나도 드디어 나로 존재하는 그 자체로 인정을 받는듯하다.

그러니 나는 이 감사들을 아무렇지 않게 받아넘겨야만 한다. 내가 갚아야 할 것은 그 아무것도 없다.

일상회복 프로젝트
: 지금 죽고 싶은 너에게

내가 생명의 빛으로 넘실거리는 때 나는 그 영광을 나와 그 누군가에게 돌려야 할지 설핏 짐작만 해볼 뿐이다. 매일 아침 이곳이 어디지 할 때마다 그 깨달음은 내가 아직 생을 붙잡고 있구나라는 깨달음과 맞닿아있다.

*

확실히 책과 아니 글자일까, 사랑에 빠졌다. 이건 사랑이다. 이렇게 좋을 수 있을까.

이렇게 더할 나위 없이 경이를 느끼며 계속할 수 있는 것이 또 있을까.

시간에 구애받지 않고 아무것도 계산하지 않는다. 이곳에서 나는 계산을 멈췄다.

계산을 멈추는 것은 내게 너무나 큰 자유다. 의식의 흐름대로 주고받는 대화가 그저 재미있다.

그냥 다 같이 이렇게 살아가면 안 되는 걸까. 나는 이토록 계산하지 않는 삶을 좋아하는데 어떠한 욕망 앞에서 모순과 손잡고 흔들리는 사다리를 향해 온몸을 내던지고는 하는 걸까.

이제 그 결과를 잘 알게 되었으니 다시 시작하는 삶은 그렇게 살지 않게 될까. 내가 정말 잘 살아갈 수 있게 될까.

내가 두껍게 이미 나인 줄로만 아는 '그때의 나'를 분리해낸다는 게 가능한 상상인지 궁금하다.

내가 굳이 의미를 두지 않는다 해서 안내판을 따라가지 않을 이유는 없다.

나는 하기로 결정한 뒤로 생각을 버리고 열심히 따라가는 행위를 난생처음 경험하는 중이다.

이 끝이 어디일지 뭐가 어떻게 진행되는 것인지 중간에 구태여 불안에 떨거나 의심하지 않은 채 순간을 머금는다. 이게 내 하루하루의 일과다.

전부 새로 배운다는 느낌으로 차근차근 숨을 내뱉자.

네게 들러붙는 조급함과 불안함은 과거의 너에게 깃든 결과에 대한 집착일 뿐.

내가 몇 년 전 걸어둔 빗장을 열고 나간 곳이 진흙탕인지 아닌지조차 너는 헤아릴 필요 따위가 없었다.

존재하는 자로의 여행길에 들어선 순간부터 너무

도 많은 정의에 매달려 왔다.

아직 바라지 않는다는 것의 평온은 모르겠다.

가지지 않고 살아가는 것은 내게 가능한 일이나 무엇에도 속박되지 않아야만 생을 이어나가겠다는 의지는 의지를 제외한 것들로 둘러싸인 또 다른 속박이니라.

어제 내 모든 마음을 다해 울었다. 속 시원한 배출, 감정의 소용돌이가 휘몰아쳐 역류하여 비집고 흘러넘치기 시작하자 나는 더욱 세차게 힘을 주어 눈물줄기를 두껍게 두껍게 전부 내보내려 노력하였다.

재판에 대한 화와 두려움을 굴절시켜 내 편이라 마지않는 사람의 작은 실수를 향해 내리꽂은 것만 같다는 생각이 이제야 든다.

그냥 나는 이 모든 게 너무 싫다고, 다 개 같은 상황이라고, 억울하다고 하나의 계기를 잡아채어 기회다 싶어 울어재꼈다. 그 증거로 지금 하루 더 가까

위진 날짜와 달리 평온한 내가 앉아있다.

　가시가 다 죽었다. 가시가 없는 게 편하다.

　그게 내가 가진 패인 줄 정답도 없는 무형의 세계에서 승패인 줄 알고 붙잡고 살던 허상도, 전부 사라졌다.

　어린 날들을 숨죽이고 그 위로 살살 바람만 불었으면.

　나는 언제나 그래 왔듯 하루하루 극적으로 승기를 다잡는다. 숨 쉬는 게 아파올 때마다 가만히 내 숨을 듣는다. 사는 게 전쟁 같다. 여긴 대피소인가.

　내가 나를 위해 살고 싶어져야만 나는 철문을 열고 자유의지로 밟히는 복도를 자유로 받아들일 수 있을 것이다. 이것이 내가 30일 만에 깨달은 소명이다.

일상회복 프로젝트
: 지금 죽고 싶은 너에게

그래서 첫날부터 주로 나는 기다리는 중이다.

내가 나를 위해 내린 결론이 뒤집힐 만큼의 힘이
필요하다.

✳

우울이 나를 좀먹어갈 때의 익숙함.

평온 속에 들이닥치는 우울의 장막에 대한 두려움으로 아침의 포문을 열었다.

불안감에 도사리는 들숨과 날숨의 긴 행렬로 맥동 치는 내 불안을 잠재워본다.

탄원서를 수기로 옮겨 적었다. 빠른 템포의 노래를 들으며 시원하고 무던하게 글자를 종이 위에 발산해갔다. 좀 더 잘 쓰기 위해 노력했다. 이렇게도 힘들이지 않고 써질 마지막 글자들이라니.

유서였을지 모를 의미를 내포한 글자들의 향연이 오늘 내 손에서 또 하나의 준비물로 변모하였다.

마치 과제를 해치우듯 발을 까딱이며 너무나 손쉽게 절규를 아로새기었다. 고생했다 나야.

*

존경하는 재판장님,

저는 ○○○○면세점 직장 내 성폭력 피해자입니다.

재판 회부 소식을 듣고 정의가 살아있음에 기뻐
해야 할 순간조차 회사 상사에게 제가 멈출 생각은
없는지, 무엇을 바라는지 모르겠고 가장으로서 너무
힘들다는 가해자의 입장을 전달받았습니다.

일상회복 프로젝트
: 지금 죽고 싶은 너에게

그만둘 생각이 없냐는 말을 항상 피해자가 들어야만 하는 까닭 모를 화살의 방향이 기어코 저를 무너트려 정신병동에 입원하게 되었고 현재 계속해서 치료를 받고 있습니다.

지금까지 제가 수없이 그만둔 선택의 끝이 곧 벼랑이었고 이미 삶에 대한 의지조차 잃은 제가 그만둘 수 있는 것은 제 삶뿐인데 그들이 항상 피해자에게 그만두라 하는 것이 무엇을 말하는 건지 모르겠습니다.

이제야 신고를 한 저의 존재를 짓이긴 굴욕감의 무게가 결코 가벼운 것이 아니라 저는 그저 이 회사를, 제 앞날을 가해자 때문에 망쳐버려야 한다는 사실이 너무나, 쫓기듯 회사를 나온 지금 이 순간까지도 너무나 억울하고 원통했습니다. 동시에 시간을 돌릴 수만 있다면 호텔○○를 지원하던 그날로 돌아가 제

손가락을 막고만 싶은 심정입니다.

2015년 말, 대기업 입사의 꿈을 이뤘습니다.

부모님의 자랑스러운 둘째 딸로서 돈도 많이 벌고 효도하고 싶고 제 앞날을 스스로 책임질 운전대를 잡아 설레던 23살의 신입사원이 되었습니다.

엉덩이를 툭툭 치고 허벅지를 만졌을 때에도 외면하려 했습니다.

얼마 후 가해자의 손을 내팽개치고 얼굴을 굳히고 다시 돌아온 가해자에게 양 허리를 쥐어 잡혔을 때, 마치 너는 이제 외면할 수 없는 직장 내 성폭력 피해자 선고를 받은듯했습니다.

제가 이뤘다던 꿈은 한낱 허상이자 그 공간에는 저라는 인격체 대신 그저 손 내밀면 언제든 만질 수 있는 여성의 살덩어리만이 존재하고 있었다는 사실을, 그 존재가 나라는 사실을 비로소 깨달았습니다.

잊고 싶었습니다. 너무나 잊고 싶었습니다. 잊고 제 앞날만 생각하고 싶었습니다.

일상의 회복은 가해자와 제가 한 부서에서 계속 근무하는 한 잊지 말라는 무언의 압박처럼 세뇌와도 같아서 그것만은 불가능했습니다.

조직이 정체성의 한 부분으로 자리 잡고 나면 조직에서 벌어지는 불합리하고 설사 불법적인 일일지라도 한 개인이 어디까지를 공과 사로 분리하여 사적인 일로 감수해내야 하는지의 범주는 사내 분위기에 귀속된 채 해석할 수밖에 없는 시야를 가지게 되고,

피해를 당한 순간조차 자신의 기분을 살필 겨를 없이 자신에게 벌어진 일과는 별개로 맡은 사회적 역

할을 수행해내야 하는 동시에 문제를 제기해야 한다는 생각조차 상사에게 반기를 든다는 심리적 압박에 시달렸습니다.

과연 회사가 피해자이지만 내부고발자인 나를 문제 삼지는 않을까 하는 걱정 앞에서 그건 생계수단을 스스로 버린다는 것과 같음을 의미했습니다. 저는 이곳이 어떻게 들어온 곳인데 그렇게는 포기할 수 없었습니다.

또한 당시 내게 벌어진 이 피해가 내 전부를 다 버리고도 보호받도록 사회적 분위기가 조성되어있는지 아니면 차라리 피해를 당한 나라는 존재를 죽여버리고 이대로 제발 시간이 지나면 잊혀지기를, 잊혀지기를 바라는 게 나을지의 고민 속에서 자꾸만 꼬여가는 제 앞날을 바라보며 혼자만의 지옥길을 살아갔습니다.

그저 평범한 직장인이었던 제가 살아보려 아무리 용기를 내어도 자꾸만 불리한 조치를 받는 환경 속에서 저는 오늘의 내가 또 어떤 흠으로 나중에 잡히지는 않을까 매 순간이 두려웠습니다.

2번의 은폐와 신고 후 부서 전배를 당하며 그 시간 동안 소문은 말할 것도 없고 공통의 인적 네트워크 속에서 자꾸만 움츠러드는 나를 스스로 받아들이지도 못한 채 가해자가 속한 공간 속에서 함께 사회적 역할을 해나가야 하는 이루 말할 수 없는 시간들을 넘겼습니다.

억울해 미칠 것만 같은 날들 속에서 16년 그날부터 이날까지 매일 밤 머릿속 법정에 서지 않고는 잠들지 못한 채 20대를 보냈습니다.

*

공기처럼 들이마신 피해의식과, 제게 닥친 불합리한 조치들의 연쇄 속에서 마치 '그러게 왜 아직도 안 죽고 버티고 살고 있느냐.'는 신의 계시가 아닌가 하는 생각이 때로는 멈추질 않아 괴로웠습니다.

가해자 복귀와 함께 제 어머니의 암 판정 후 저는 자살조차 뒤로 미뤄야만 했고 회사를 포기하며 죽기 전에 고소를 하고 이 전부를 끝마치고 싶었습니다.

일상을 이어나갈 힘조차 5년을 버텨내자 소진된 후였고 나의 우울을 내가 사랑하는 사람들에게 감당시킬 버거움에 대한 죄책감만이 남아 나의 죽음만이 내가 사랑하는 사람들을 위한 최선이란 결론만 남았습니다.

저를 도와주신 많은 분들의 은혜에 비수를 꽂으

려 했던 제가 이제는 감히 법의 심판을 발판 삼아 아직 이 땅에 숨 붙인 채 가해자에게 바라는 것은 저를 피해자의 삶에서 도망칠 수 없도록 노력한 본인과 그런 조치를 취한 회사에게 이 모든 책임을 돌릴 것과,

사과할 생각만큼은 5년간 한 번도 하지 못했던 무거운 가장의 무게와 그 무게와 견주어볼 가치조차 취급받지 못했던 살아있는 제 존재의 무게감을 알려주고 싶습니다.

왜라는 물음에 인생이 모조리 저당 잡히고

세상은 나의 중심으로 흘러가지 않는다는 사실을 지나칠 정도로 깨달았는데도 불구하고 당신의 중심으로는 흘러가는 것 같은 때,

나를 위한 최선에 내 생을 전부 바쳤다고 생각하는데 그 최선이 나를 옥죄어오기만 할 때,

앞날이 나로 인해 가로막혔다는 아득함에서 벗

어날 길이 없을 때,

　이제 나에게 용서를 구해야 하는 사람이 당신인
지 나인지 헷갈려질 때,

　우울을 이제는 그 무엇으로도 떨쳐내지 못할 거
라는 절망을 품고 살았다는 사실을 가해자가 알았으
면 합니다.

　존경하는 재판장님,

　제발 자신이 저지른 행동이 누군가의 인생을 나
락으로도 끌어내릴 수 있는 잘못된

　범죄행위라는 사실을 법적으로 확인받길 간곡하
게 요청드립니다.

2021년

탄 원 인 : 이아름

사색은 삶에 대한 주관적인 해석의 시간인데 내가 요즘 어떠한 것에도 그에 대한 나의 주석이 달리지 않는 것은 인생을 무의 세계에서 시작하려는 마음의 발로인 것 같다.

무형도 유형도 어떠한 것도 의미를 내포하지 않는 무의미의 '무'와 같은 삶에서는 어떠한 선택을 내리며 걸어간다는 것일까. 머리가 대책 없이 맑아 좋은 지금 이 느낌을 유지하기 위해 사회에서 내가 취해야 할 발자취를 알기 위해서는 어떤 노력과 어떤 사고를 가져야 하고 사물과 상황과 인간을 어떤 눈으로 바라보며 받아들여야 하는지. 답이 없다는 것을 나 자신이 가장 잘 아는 이 순간에도 '어떤'에 집착하게 되는 것은 실패가 무엇인지도 모른 채 그저 실패하고 싶지 않다는 무의식의 방어기제일 것이다.

행복이 무엇이라 정의 내리기에는 순간에 맞닥뜨린 질문의 순간 속에서 나는 '내가 무슨 생각을 했었지.'만을 읊조렸을 뿐 실상은 행복에 대한 어떠한 고뇌도 넓은 의미에서 또는 다차원적으로 고민해본 적이 없다는 사실을 깨달았다.

내가 행복해지는 삶을 꿈꾼다 말해놓고 목표는 설정하지도 않은 채 그저 눈먼 길을 달렸던 것이다.

텅 빈 동굴을 지나쳐 나를 감싸 안은 허무의 외침이 행복이 그래서 무엇이냐로 연결 지어진다.

일상회복 프로젝트
: 지금 죽고 싶은 너에게

아침 일찍 일어나 블랙커피와 빈츠를 입에 머금고 책을 펼친다. 정신에 불이 밝힌다.

활자가 좀 더 내밀하게 다가온다. 아침이 도착한다. 책을 덮고 입가심이 될 만큼만 먹는다. 이를 닦고 세수를 하고 로션을 바른다. 배가 너무 찼다 싶으면 산책을 하거나 아니라면 바로 또 책을 펼친다.

무언가를 기다려본다. 선생님일 수도, 아니면 오늘은 누군가와 수다를 떨만한 컨디션일 수도 있다.

점심을 제법 먹고 이를 닦고 20분 정도 걷는다.

또 책을 읽는다. 언니와 친구와 연락을 하면서 저녁 시간이 오기 전에 러닝머신을 달린다. 숨이 차서 머리에 생각들이 엉켰다 풀어졌다 사라졌다 비어버릴 때까지 걷고 뛴다. 숨을 몰아쉬고 물을 단숨에 비운다.

근육을 푸는 스트레칭 후에 샤워를 하러 간다. 나는 지금 개운함의 행렬을 전부 즐기는 중이다.

저녁을 아침과 점심보다 깨어난 미각으로 맛본다. 또다시 산책을 하거나 책을 읽는다. 잠들기 전

볼만한 영화나 프로그램을 물색한다. 적당히 피곤한 몸과 하루를 마무리하는 기분에 젖어든다.

보던 장면이 어디에서 끊기든 간에 아쉬움이란 없다. 내일 같은 이 시간 언제라도 다시 보면 되니까.

저녁 9시면 잠을 청한다. 언제 잠드는지는 궁금해하지 않는 채로 시간이 흘러간다.

아침에 눈을 뜰 때면 순간적으로 천장과 내가 누

운 곳이 낯설어지는 기분에 사로잡힌다.

시야가 밝아지면 병원이라는 사실을 눈치챈다. 또다시 살아있는 기분 좋은 하루가 밝았다.

◇◇◇◇◇◇◇◇◇◇◇◇◇◇◇◇◇◇◇◇◇◇◇◇◇◇◇◇◇◇◇◇◇◇◇◇◇◇

《인간의 내밀한 역사》에서 대화의 장애물은 상대의 "마음을 알지 못해 나의 말을 거기에 꼭 맞추지 못하는 것."이라는 말이 나온다. 선생님에 대한 내 무조건적인 신뢰와 무장해제된 거리감은 말을 뛰어넘는 그 무언가를 의도치 않게 내가 처음부터 목격해버림에 있다. 선생님의 말하지 않는 공감은 대화의 장애물을 한순간에 뛰어넘고 내 마음에 맞출 말조차 불필요하게 만들어버렸다.

내가 경계를 허물기 위해 아무것도 노력할 필요 없이 그냥 그렇게 내게 존재한다.

✳

거창하게 나의 역사라 이름 붙여볼까.

내가 이 이벤트를 어떤 방식으로 받아들여 가는
가에 대한 서술일 것이다. 내가 가장 사랑해 마지않던
몽상가의 시간들이 떠오른다. 첫 번째는 좌우에 논밭
을 낀 채 걸어가던 하굣길에서 집에 도착하기 100m
의 거리, 두 번째는 스타렉스 뒷좌석에 앉아 달리는
창밖을 내다보던 때, 그때에 나의 두뇌는 정의와 주관
적 개념들이 춤추며 스스로의 사색에 도취되어 충만

하고는 했다.

잃고 싶지 않은 순간들이었다.

탄원서라 기표하고 유서라 바라보았다. 꾹꾹 눌러 담기에 감정의 파도가 급물살을 타버려 그저 펜촉의 잉크 낭비로 전락해버릴까 봐 키보드로 두드렸다.

눈물로 얼룩져야 할 활자가 정갈하게 이어가는 모습을 바라보며 너울대는 두뇌가 터져나갈 것만 같았다. 내가 이걸 어떻게 이 종이에 담아.

내가 어떻게 그 시간들의 울분과 슬픔을 어떻게 이렇게 짧은 시간에 심지어 시간제한처럼 죽음의 압박을 받으며 완성해낼 수 있겠어. 완성하고 죽을 수는 있을까. 시시각각 터져나갈 것만 같은 심장이 조용히 뛰는 소리에 귀 기울이며 기어코 내 상처가 이제는 그럴만한 기운도 남아있지 않다고 목소리마저 잃은 채로 내게 알려주었더랬다.

나와 재판은 그렇게 분리되었다.

✳

재판과 나는 그렇게 두 개의 삶으로 갈라져 나는 나를 평안하게 쉬게 해주고 싶어졌다.

　　그냥 나는 내게 일어난 심각한 손상들을 다 끌어안은 채 삶의 어떠한 결과와 상관없이 그저 쉬러 가고만 싶었다. 한때는 붙잡고 싶던 것 모두 내 손과 내 머리를 떠나 기억의 저편 어딘가에서 그게 너를 살게 해줄 수도 있다는 희망의 메시지를 전달해주지 못했다.

　　나는 그렇게 온전한 지금의 나로, 그 아무것에도 속하지 않은 나로, 모든 속박과 굴레에서 벗어나 마침내 존재하길 원했다.

　　아무것에도 기대하고 싶지 않아졌다. 나는 너무나 쉽게 포문을 열고 내 빗장을 풀어 심장을 후벼 파낼 상처마저도 끌어안고 나서야 눈치채는 인간이니까.

　　살아있으면 또다시 기대하게 된다. 나는 이제 또다시 쓰러질 자신이 없다. 그것은 내게 죽음과 같이 무의미한 연명이었다. 재판이 멀리 있을 때는 그 소용돌이의 크기가 가늠이 되지 않아 나조차 나를 몰라서, 아직도 나를 잘 모르겠어서 탄원서를 마치거나 못 마치거나 참 억울하겠다 생각만 하며 조용히 숨만 쉬는 내가 그 시간의 숨들을 감당해낼 준비가 되지 않아서 어떻게든 다가오는 그 시간의 무게를 막아내야 했다. 병원의 철문은 내게서 그 무게를 막아주었다. 나는 무사히 재판 3일 전 탄원서를 글자 그대로 수기로 옮겨 적는 작업을 해치웠고 어떠한 감정적 동요도 느끼지 못했으며 심장이 집 밖으로 도망치려 세차게 뛰지도 않고 있다.

오히려 두근거릴까? 내 관심은 세상 밖 그 어디에도 위치해있지 않다. 눈앞의 시간을 잡아채며 내가 조용히 쉬는 숨소리를 더 이상 듣지만은 않는다.

나는 멋있는 사람을 꿈꿨던 것 같다. 그 어떠한

✳

부조리 속에서도 내가 옳다는 길을 꿋꿋하게 가는 나.

내가 한없이 무너져 내린 지점은 세상에서 더 이상 지키고 싶은 게 남아있지 않다는 사실을 깨달았을 때다. 내가 나를 들여보려 하니까 이미 나조차 잃어버린 후였다.

텅 빈 나를 채우는 일마다 세상이 바뀌려면 그것을 내가 견뎌내려면 이제는 더 이상 갖다 쓸 나조차 존재하지 않으니 더 이상 그럴 수도 없었다. 오판은 계속되었지만 그렇다고 오판이 아닌 길을 용납할 수는 없었다. 영원히 오지 않길 바라며 이제는 존재하지 않는 내가 더 안쓰럽기 전에 분리되어 사라지려 했으나

나는 아직 이렇게 여기 잘 있다. 그리고 내가 잡은 이 동아줄을 믿는다.

일상회복 프로젝트
: 지금 죽고 싶은 너에게

재판이 다가올수록 근원적 질문에 가닿는다. 자살할 시점이 언제였을까요?

남들 다 죽을 때 안 죽고 다음 장으로 어떻게 넘어갔는지에 대한 지점들을 생각하면 한 번 이미 죽은 그때에 나는 이미 죽은 채로 살았던 건 아닌지, 이미 죽어있는 존재가 아닐지 싶어서 그러면 이게 다 무슨 소용인가.

지금 열리는 재판이 다 나랑 무슨 상관일까 싶어

진다. 이미 죽은 존재는 죽음을 두려워할 이유가 없는 것이다. 그래서 나는 탄원서를 어떻게든 마무리 지은 다음 내가 곧 언제 숨을 끊든 시한초과처럼 느껴졌던 것이다.

이미 죽은 존재가 구태여 껍데기의 고통을 향해 걸어가야 할 까닭은 없다.

나는 이미 죽은 존재니 모두 나를 보내줘야 한다는 생각을 했던 것이다.

그렇다면 지금 내가 있는 이곳은 삶과 죽음의 그 경계가 맞다.

죽어있는 나를 소생시키는 방법이 무엇일까.

재판은 그 이후의 나를 살아있는 나로 만들지 이미 죽어있는 존재가 다시 한번 죽임을 당할지를 알 수 없어 거대한 쓰나미의 예고로 재생되는 중이다.

다가옴을 피할 수는 없고 나는 맞닥뜨리는 동시에 잠시 이 철문 안 깊숙이 보호받고 있다.

일상회복 프로젝트
: 지금 죽고 싶은 너에게

나는 거절하는 상황 자체에 염증이 있지 거절 자체는 어렵지 않다. 거절당하는 사람보다 내가 더 소중하기 때문이다. 항상 그래 왔듯 싫은 것을 견뎌낼 수 없다. 최근의 시간들은 그런 내가 모조리 나 대신 남을 위해 견뎌낸 시간들이라 이렇게 무너져 내리나 보다. 견뎌낼 수 없음을 견뎌내자 남아있는 것이 없다. 내가 나를 배신하였다.

나는 앞으로 주어진 정신적 자유를 온전히 감당해내야 한다. 물에 젖은 종이가 되어 유약한 나를 완전히 젖은 그대로 찢겨나가지 않도록 잘 뜬 다음 유유히 흘러가야만 한다.

✳

마치 채점을 기다리는 시험지를 들고 있는 기분이다. 시간이 가면 보게 될 것이다. 여느 날과 같은 평온한 이곳에서 주말을 떠나보내는 중이다.

**입원
38일 차**

재판이 미뤄졌다. 글쎄, 내 기분은 물에 젖은 종이 위를 걷는 말도 안 되는 기분을 잘 유지하는 중이다.

재판은 더 이상 나의 삶의 의미를 비껴나가 있어서일까. 왜 갑자기 동요하지 않게 된 건지 의아하다.

아. 의아한 와중에 편두통이 찾아들었다.

아무렇지 않지 않을 일에 대하여 나는 또다시 어떻게 만들어놓은 이 평온함에서 놓여나지 않기 위해 아무렇지 않아 한다. 필사적으로 성공해내는 이 습관은 언제 어디에서부터 시작됐을까.

그저 오늘 하루도 지난 이곳에서의 시간들처럼 유예시키면 되는 것이다.

조급함은 도움이 되지 않는다. 사실 재판 연기보다 어제 완전히 삶의 거적때기와도 같던 오래된 인간관계의 완전한 차단이 내 삶을 더욱 자유로이 만들어주고 있다. 내가 성숙하니까 참아주는 거야라는 그 수백 번의 관용은 결국 또다시 나 자신의 불편함을 희생시킨 자기희생이었음을.

놓이고 나자 내가 제대로 놓고 나자 이제야 온전한 나로 존재하는 기분이 든다.

내가 선택한 사람들 하고만 관계를 맺는다. 참지 않고 싶은 상황에서는 참지 않기로 한다. 내가 지금까지 다른 사람들에게서 지키려 했던 것은 나였을까. 보이는 나의 이미지였을까.

희생의 칼날이 전부 나에게로 향해있음을 이미

일상회복 프로젝트
: 지금 죽고 싶은 너에게

다 찔리고 나서야 뽑아낼 힘이 없어진 상태에서 너무 늦게 눈치챘다고 확신을 했다. 확신은 얼마나 불확실성을 내포하고 있을지.

작은 변수 하나에도 먼저 변절해버린 내 마음 뒤로 뒤따르는 확신의 붕괴를 여기서 또다시 목도한다.

나는 오늘 괜찮을 것이다. 숫자의 연기가 아닌 그 너머를 눈치챈 수확물들이 있기에.

◇◇◇◇◇◇◇◇◇◇◇◇◇◇◇◇◇◇◇◇◇◇◇◇◇◇◇◇◇◇◇◇◇◇◇◇◇◇

이제는 내가 충격을 받는지 안 받는지, 괜찮은지 안 괜찮은지도 모르겠다.

심장이 정상이니까 괜찮은 거겠지. 안 괜찮을 이유도 없다. 그저 안도한다. 내가 이 안에 갇혀있다는 사실을.

오랜만에 하루가 빨리 깨졌으면 좋겠다. 자고 싶

다. 모든 게 시작되는 월요일.

그토록 기다렸던 월요일. 밖을 내다보니 내 상황처럼 날도 흐리네.

센티해지라고 마치 하늘이 준비해준 식탁 같다.

저는 이제 그 위에 올라가고 싶지 않아요.

일상회복 프로젝트
: 지금 죽고 싶은 너에게

초조하게 연락을 기다렸다. 어떤 말을 기다렸는지 모르겠다. 감사했고 이성을 깨웠다.

꿈에서 깨어나라. 나도 안다. 다만 꿈인지 현실인지 분간이 안 가기 시작한 게 문제가 된 거지.

너무 잘 알아서 그렇게 버텨오다가 속된 말로 현타가 온 거지. 그리고 펑 나를 잃었다.

둥둥 올라가는 나를 변호사님이 확 하니 끄집어내렸다.

죽어서 이슈가 되는 게 맞다. 그러니 내 피해자, 내 의뢰인은 남은 삶, 아직 젊은 날을 살아가야 하기에 상처를 받지 않게끔 보호하는 게 내 일이다. 뜬구름마냥 잡힐 듯 잡히지 않던 선택의 기로가 순식간에 네가 가야 할 길, 네가 생각해야 할 길로만 펼쳐졌다.

책이나 읽다가 궁금한 게 계속 생겨나면 묻고 희망을 말하다 잡고 싶은 게 생기면 바로 나가자.

갑자기 긴 꿈에서 깨어난 것 같다.

나를 울지 못하게 하는 것은 항상 현실이었다.

그냥 그렇다는데 내가 뭘 어찌할 수 있겠어.

지금 현실에서 나는 다른 직원들을 보호하기 위해 최선을 다했으며, 비록 명분은 그게 아니더라도 관련자들 모두 회사에서 내보냈으니 소정의 목적은 달성한 거라고 그 에너지를 여성운동에 쓰는 게 어떻겠냐는 노동단체의 조언이 내 울음을 삽시간에 멈추어주었으며, 죽음으로 회자되는 게 맞으니 내 피해자, 내

의뢰인이 상처받는 길을 걸어가는 데에 나는 동의할 수 없으며 이후의 살날을 생각해야 한다는 변호사의 법적 토대 위에 세워진 나를 위한 조언 앞에서 이번에도 내 울음은 밖으로 새어 나올 준비를 하기 전에 사라진 후였다. 현실은 언제나 내 울음을 거두어간다.

목 놓아 울었던 최근의 일들이 아주 잠시 동안 주어진 어린 날의 울분에 대한 해소였던 듯 나는 오늘 다시 살아온 오늘날의 나로 돌아와 있다. 습관처럼.

근데 현실이 뭐더라. 무엇이길래 내가 안다고 한 현실에서 울음 없이도 이곳에 와있는 건가.

나는 그럼 지금 어디를 살아가고 있었던 거지.

◇◇◇◇◇◇◇◇◇◇◇◇◇◇◇◇◇◇◇◇◇◇◇◇◇◇◇◇◇◇◇◇◇◇

하고 싶은 것 생각해보기
1. 외국생활 2. 자동차 국내 여행 3. 크루즈 여행

책 원 없이 읽기는 해봤다.

비의도적 성공. 국내 여행은 정말로 꾸준히 계획했는데 〈알쓸신잡〉 보면서 의지를 끌어올리려 노트에 경로를 적으며 노력했는데 실행까지 이어지지 못했다.

외국생활도 다 계획했는데 의지도 의욕도 사라지고 기억만 남아있었다. 아니 그냥 계획만이 날 기다리고 있었다. 나는 준비해놓은 그 길 위로 걸어 올라갈 기폭제가 전무하다는 사실을 이미 공포로 집어삼켜진 내가 다가올 시간을 그대로 수용해낼지나 궁금한 채로 있었다.

독서를 하면서 아 살아온 관념을 다 비우고 주입하기 시작한 활자라 어린 날의 독서 같았구나 싶다.

백지상태로 읽기 때문에 새로이 쌓이는 지식에 대한 환영만이 존재하는 거다.

상투적 표현으로 스펀지처럼 활자를 빨아들인다.

그래서 이리도 쉽게 고전을 독파해냈다.

사실 글자를 쭉쭉 읽어가는 모양이 의미 없이도 글자가 가진 소리의 공명만을 체험한 걸지도 모르지만 해냈다.

현실적으로 미래를 생각해보자면 이번 년에 미국 여행은 가능할 것이다. 물론 재판 2차까지 마무리한 후에.

캐나다 어학연수는 이른 감이 있다. 그럼에도 출발일 마지노선을 가장 끝으로 미뤄둔 채 아직 붙잡고 있는 연유는 아쉬움이 아니라 결정을 그저 유보시키고 있는 거겠지. 현실적으로 이번 년에 타국에서 전면으로 맞서겠다는 계획은 뜬구름 잡는 기분이 드는 이 느낌이 취소시켜야 한다는 방증이다.

◇◇

갑자기 한순간에 괜찮아진 기분이다. 이제는 내가 괜찮으면 희한하다.

평온과 괜찮다는 다르다.

나의 입원은 괜찮은 상황에서 시작했다. 다른 점이 있다면 지금은 지치진 않았다는 거, 그러나 이 괜찮음의 시작이 어제 변호사님과 통화한 이후부터였다.

나는 아직 '어떻게'를 버텨낼 '왜'를 찾지 못했는데 왜 갑자기 괜찮다는 것일까.

◇◇

아니네. 뉴스 헤드라인을 살피자마자 바로 기분

이 곤두박질쳤다. 희망이 책 속에서만 피어나는 듯해.

아 하나도 괜찮지 않았다. 괜찮을 리가 없었다.

오로지 너로 인해 또다시 내가 필사적으로 노력해내고 있구나. 살아보겠다고 여러 가지 꼬인 실타래도 풀어가면서 그런데 아무것도 손에 잡히는 것 없는 것 같은 지금 또다시 너 때문에 다 꼬였다.

내 감정이 널뛰는 것을 나는 또 감당해내야 하는구나. 기분이 아주 엿같다. 이 화를 어찌해야 할까.

⬦⬦⬦⬦⬦⬦⬦⬦⬦⬦⬦⬦⬦⬦⬦⬦⬦⬦⬦⬦⬦⬦⬦⬦⬦⬦⬦⬦⬦⬦⬦⬦⬦⬦

사람들이 그렇게 남 일에 관심이 없다는 말은 남 시선을 그만 의식하고 싶은 자기 주문과 같다.

소문에 지나치게 시달려본 사람은 사람들이 얼마나 남의 일에 관심이 지나치게 얕게만 집중되는지

✳

매 순간 체험해낸다. 분명히 다들 관심 없다고 하면서도 화장실에 앉아 나에 대한 얘기를 듣게 되는 일, 그리고 그 화장실에서 아무렇지 않은 얼굴로 문을 열고 나와 그들과 마치 아무 일도 없었다는 듯이 대화해내는 일, 시간이 이렇게나 지났는데도 불구하고 그렇게나 누가 붙였는지도 모르는, 분명히 내가 그 개 같은 꼬리표를 내 정체성에 포함시키지는 않았을 텐데 끊임없이 회자되는 모습을 경험해보면 저 말이 얼마나 남의 속도 모르는 이기적인 조언인지 알게 된다.

관심 많으면서 없는 척을 하거나 진짜로 관심이 없는 사람은 이 일에 연루되지 않음을 택하는 것이다.

나는 이 일에 대해서만이 아닌 사람들에 대해 걸어 잠근 빗장을 왜 내가 풀어야 하는지 모르겠다.

우리의 목적은 서로 같지 않고 나는 그 목적을 달성해주는 데에 내 에너지를 사용하고 싶지 않다.

자꾸 눈물이 난다. 생각만큼 내가 변하지를 않

아서

그것을 깨닫는 순간 울음을 멈출 수 없었다.

＊

타인의 고통에 관심이 없다.

열에 아홉은 낯빛에 드리운 난감의 빛을 지우지 못하며 그 스치는 빛을 포착해내는 기민함은 곧바로 나의 후회와 맞물려간다.

난감함을 포착하는 동시에 호기심만을 목도하고 처음부터 끝까지 그로 인한 깨달음의 상처는 가진 자의 위로 새로 쌓여간다.

이제 그만 좀 하라고 내뱉는 압박 앞에서 이제

그만 안 하고 싶은 사람이 존재하기는 할까. 나도 지긋지긋하다. 나도 내가 시간이 그렇게 지났는데도 전보다 더해만 가는 내가 너만큼이나 지긋지긋하다.

그니까 나를 지겨워하는 순간을 주는 건 나 하나로 족하다.

마치 그게 내 약점이라도 된다는 듯이 웃는 내 얼굴 위로 후벼 파는 사람들 속에서 내가 인간에 대한 경멸 말고 대신 쌓아 올릴만한 사랑이 대체 뭐가 있는데? 사람이 아무렇지 않아 보이기 위해서는 필사적인 노력에 전부 갉아먹혀야 한다.

*

**입원
43일 차**

　잘 지냈다고 답변하고 펼치는 일기장이 전쟁통
이다.

　글자들이 춤을 추듯이 나의 표면의 장막과는 달
리 아우성을 치고 있다. 오직 이 종이 위에서.

일상회복 프로젝트
: 지금 죽고 싶은 너에게

생각해보면 나는 나 자신을 제일 사랑한다. 그러니 내가 사랑받길 원했고 외로움이 나를 진흙탕 속으로 이끌어가지 못하도록 잘 버텨낸 대신에 마음속 빈 공백을 항상 어떤 대상으로 메워냈던 것 같다. 사랑하는 내가 행복했으면 하는데 외로움은 항상 설명할 수 없는 선택을 내리곤 했다.

그 선택들 앞에서 이탈한 계획은 돌아갈 길은 내주지만 갑자기 닥쳐온 막막함으로 소망의 파이를 작게 만들어버리고 사랑하는 내가 상처받지 않게끔 얼른 그게 원래 처음부터 내가 원하는 바였다고 합리화를 끝마치곤 했다. 지금 나는 백색 공간에 들어앉아 사방을 둘러보며 나갈 문을 찾고 있다.

문밖이 어떠할지 그려내야 문을 열 수 있을 것이다.

연신 두리번거리며 삶이 무엇인지 문을 열고 나갈 만큼의 생의 호기심을 싹틔우는 일, 지금 내가 해야 할 일의 전부다. 그 외의 것은 내게 지금 없다.

지금 떠오르는 좋아하는 거, 하고 싶은 거.

너무너무 좋아하는 책 읽기, 블랙커피에 빈츠 먹기, 선생님이랑 면담하기, 20분 뛰었을 때 느껴지는 감각, 샤워 후 맡는 체향, 그냥 좋아하는 건 초콜릿이랑 아몬드 같이 먹기, 귀여운 사진과 영상 보기, 초코우유 마시면서 영화 보기, 아침 맞이하기, 하고 싶은 거는 미국 가서 하랑이랑 놀기, 하랑이가 나를 반겨주는 모습 보기, 신소랑 도넛 먹으면서 멍 때리기, 언니랑 브런치 먹고 바다 걷기.

✳

많이 웃고 있다.

컨디션이 좋다. 간식도 맛있고 밥도 맛있고 맛있는 밥과 좋은 치료와 친구들이 내게 있어 나는 오늘 드디어 고마움을 느낀다. 신소가 없었다면 내가 오늘까지 어떻게 그 수많은 난관을 나의 믿음으로 돌파하며 올 수 있었을까. 나는 이번 결정에 너의 손을 놓아야 한다는 게 나를 제일 슬프게 했다. 내 영혼을 바라볼 수 있는 유일한 사람.

사람과의 인연을 가장 소중히 여겨야 하는데 사
랑하는 사람들을 위한다는 명목하에 반대의 길을 좇
던 기억만 난다. 이렇게 치료받을 수 있게 지지해주
는 가족이(다른 모순은 덮어두고), 나를 그 누구보다 믿어
주고 알아주는 온전한 내 편인 친구가 있음에 감사하
다. 달리기가 정말 마약 같은 효과를 주는듯하다.

불현듯 떠올랐다. 돌아갈 나만의 방이 있다면 내일이라도 퇴원을 고려했을 거라는 사실.

아니라면 바로 외국으로 건너간다거나, 근데 이 문제는 재판 일정에 막히지.

지쳐 돌아온 집은 내가 10년 전 떠났던 그 이유 그대로 나를 옭아맨다는 사실을 내가 그렇게나 내 생을 걸고 우선순위로 두고 실현시키던 삶이 집과 멀어지기 위하였음을.

직면한 거대한 문제에 가로막혀 한 번의 파도가 휩쓸고 가린 장막을 걷어내자 내가 피하고 있는 10년의 소용돌이가 거기 그대로 존재하고 있었다.

이제 나는 내 다른 삶을 시작해볼 마음은 준비되었다고 쓸 수 있게 되었으나 그곳으로 돌아가고 싶지 않은 것이다.

그리고 나의 탈출과 작은 몸부림조차 가로막는 것이 바로 그 재판이니까.

내 분노를 어디로 돌려야 한다면 수선 불가한 울타리가 아니라 참 열심히도 노력하던 나를 한순간에 진창으로 내리꽂아 버린 그놈이다. 억울하여 죽기 싫다는 그 마음을 기다려왔다. 이 두 문제는 양립할 수 없다.

할 수 있는 만큼 피해있거나 어떤 식으로든 나를 보호해낼 것이다. 나는 아직 생에 사랑을 가지고 있다.

감정적 허기가 불러온 공허함에 몸 둘 바 모른 채 스스로 싸워온 나날들이 불현듯 지나간다.

내 무엇을 건드리면 건드려진 그대로 이리 흔들리고 저리 흔들리는 나를 감당할 사람이 나조차 내가 버거워 그저 지고 가는 삶이었는데 내가 이 무연함을 버리기로 마음먹어진 때 잡힌 지푸라기는 너무 황망해서 나도 모르게 모든 걸 지워버렸나 보다. 나도 그 무게를 모른다.

일상회복 프로젝트
: 지금 죽고 싶은 너에게

그냥 항상 다시 가져올 준비를 하고 있을 뿐. 제자리로 돌아갈 준비가 이번에는 왜 이리 다 버리고 난 후인지 아니면 다시 한번의 기회라고 때 이른 기대를 나답게 섣불리 집어먹은 건지 두루뭉술하다.

아니, 다르게 생각해보면 어떻게든 떠나보내야 했던 시간을 아주 잘 좋은 방향으로 채워 올려 보냈다.

비록 디데이가 갑자기 수정되긴 하였으나 원래였다면 이 모든 과정, 가정들이 맞물리는 일이 없었다면 그저 어떻게 해서든지 발악을 치든 흘려보내기 위해 지루하고도 고단하게 버텨냈을 것이었다.

아마 흘려보내는 시간마저 지독히도 의식하여 시간을 보냄이 고통으로 다시 보낸 시간을 고통스럽게 추억할 것이었다. 나는 여기서 좋은 시간을 보냈다.

퇴원하고 할 일 써보기 : 퇴원 전 심심하다 느끼기

지원이에게 전화가 왔다.

바쁜 와중에도 지원이는 매번 전화를 걸어 나를 다독였다. 옆에 있지 않아도 옆에 있는 것과 같은 기분에 젖게 한다.

한 시간의 통화는 내게 한 시간의 외출과도 같았다.

내가 기쁠 때나 힘들 때나 항상 나타나 준다.

지원이를 만난 이후로 어떻게 이렇게 닮고 싶은 사람이 있을까 항상 생각하는데

그런 너에게조차 손 내밀지 못했어.

생각만 해도 뼛속까지 시린 그 길을 어떻게 매일 걸어갔을까 싶다. 회색 미세먼지가 자욱하여 앞이 잘 보이지 않음에 익숙한 발걸음을 옮기며 사시사철 추위를 느끼며 그 길을 걸어갔다.

그 길로 걸어 들어갔다. 먼지 속으로 나조차 내가 보이지 않게 될 때까지 인천 물류센터를 둘러싼 황량함은 내 온기와 정확히 맞아떨어졌다. 외롭고 쓸쓸한 길의 길동무들은 모두 입김을 내쉬고 저마다의 영혼을 주장했지만 우리의 숨이 서로 섞이기란 매우 어려운 일이었다. 그저 같은 목적지를 가지고 있었을 뿐.

갑자기 병상에 누워 한여름 한기에 노출되자 그때의 추위가 되살아난다. 사계절의 나라에서 춥지 않았던 적이 없는 그때가 이질적인 기억으로 불현듯 등장했다. 누가 너를 매일 그곳으로 걸어가게끔 배웅했던 걸까.

너는 그때 대체 어떤 마음으로 그 모든 걸 해낼 수 있었던 걸까.

서정적인 기분에 휩싸일 때마다 두 가지 충동에 시달리는데 심금을 울리는 문장을 목도할 책을 당장 읽고 싶다와 또 하나는 그 문장을 내가 직접 쓰고 싶다는 것이다.

두 가지는 동시에 이룰 수 없어서 매번 이 기분 속에 허우적대며 갈팡질팡하다 아깝게 지나쳐버린다.

잡지도 않은 기회를 모두 놓쳐버린 아쉬움에 달싹이며 다음엔 흘려보내지 않을 거라는 다짐만이 이 기분의 피날레이다.

생명의 경이로움을 죽음과의 사투에서 발견할 줄 알았으나 타인의 고통을 구경거리로 소비함에 지나지 않는다는 사실을 깨달았다.

바로 신소의 반려견 '하랑이'의 존재를 통하여!

사랑스러워 어쩌지 못할 만큼 가슴을 사랑스러움으로 부풀어 오르다 못해 어쩌지 못함에 머무르게 한다.

한없이 귀엽고 사랑스러운 존재의 온기를 나눠 받으며 그 어디에서도 받아보지 못한 위안과 위로를 건네받았던 때의 절망 속에 피어난 환희에서 생명체의 경이로움과 신비를 맛보았다.

너를 어찌 사랑하지 않고 배길 수 있을까.

강아지란 생명체가 존재하는 의의를 인간이 얼마든지 생각하고 바라보고 만질 수 있다는 자체가 하늘이 내린 선물과도 같다.

⊗⊗⊗⊗⊗⊗⊗⊗⊗⊗⊗⊗⊗⊗⊗⊗⊗⊗⊗⊗⊗⊗⊗⊗

오늘의 수확 : 뺑이요가 너무 맛있네. 허쉬 아몬드와 아몬드 4알의 궁합이 아주 맛있네.

거기에 블랙커피 한 모금이면 금상첨화. 이곳에서 발견한 나가서도 사수하고 싶은 고요와 적막이 흘러넘치는 시간. 새벽 5시경의 블랙커피와 초콜릿 과자와 책 한 권은 최고의 조합이다. 내일 아침을 맞이하고 싶게 만드는 내 새로운 욕망의 통로이다.

❋

어제는 잘생기고 키 큰 남자에게 10년 전 그날처럼 껴안긴 채 걷는 꿈을 꿨다.

추운 날씨에 엄청나게 따뜻한 그 체온에 모든 게 녹아내리는 기분을 느꼈다.

분명 꿈이라는 걸 알았는데도 불구하고 내가 항상 아닌척하며 갈망하는 것은 타인의 뜨거운 체온이었다는 점을 내게 깨닫게 했다.

오늘의 꿈은 절연한 친구가 유명인사와 내가 전

혀 어울리고 싶지 않은 유형의 사람들을 끌어모아 눈치 없는 나조차 눈치채게 만든 성대한 파티를 기획한 꿈이었다. 나는 모르는 척, 놀란척해 주며 엄청나게 남에게 보여주기 위함을 드러내는 크기의 무너진 케이크를 보며 감탄사를 내뱉고 입가에 미소를 끌어올렸다.

그 과정 내내 지루하고 가짜 같은 인생의 의미에 대한 허무를 뒤집어썼다. 꿈속에서조차 가짜이고 싶지 않아 그것은 필히 내게 악몽이었다.

하필이면 뚜렷한 그 주인공이 바로 엄마 항암 간병 중 자신의 생일을 챙겨주지 않아 서운하다 하였던 나로 인해 손쉽게 절연을 마음먹게 했던 친구라는 게 아이러니하다. 꿈의 장난일까. 속임수일까.

꿈은 내게 무엇을 전달해주려 매일 밤 내게 찾아와 평소의 조용한 내 머릿속 어딘가의 기억들과 상식들을 조합하고 배합하여 내게 펼쳐냄으로써 나를 낮에도 꿈에도 깨어있게 하는 걸까.

◇◇◇

　　자고 일어나자마자 어제 나를 온통 휘몰아치던 외국으로 못 나갈 것 같다던 합리화로 잠재운 공포가 모두 사장된 채로 그 반대의견으로 머리를 내밀었다.

　　급하게 생각할 모래시계를 나는 가지고 있지 않다. 그러니 제한된 시간 안에 결정을 내리려는 모든 시도와 불안이 통로를 통과하고 나면 연기처럼 사라진다는 사실을 기억해야 한다.

◇◇◇

　　화장실에 앉으면 이 안에서 유일하게 타인과 완전히 분리된 공간 속에 앉게 되는데 그럴 때면 어쩌면 이렇게 이 사람들과 융화되기를 아무 불편함 없이 행할 수 있을까라는 의문을 가져본다.

바로 어떤 사람들이 머릿속을 빠르게 스쳐 지나 간다.

인간성이라고는 전부 매몰된 사람들 속에서 나도 그들과 동류가 아니 어쩌면 그 위에 올라서고 싶은 욕망으로 감정을 배제하고 몰살시키고 수없이 맞게 될 이별에 무감해진 결과, 내가 그 모든 것을 포기하고 갇히게 된 곳에서 만난 사람들은 필히 나보다 심성이 더 낮거나 무해하다는, 나의 방어선을 저지시키고야 마는 결론이 자연스럽게 도출된다. 이곳의 그 누구도 그곳에 있던 악인들보다 악을 품어본 사람은 없을 것이다.

✳

퇴원하면 동생과 여행을 가보고 싶어졌다.

더 넓은 세상을 보여주고 싶어 3년 전 대만으로 나의 휴가를 채웠을 때, 그때와 같이 아니 그때보다 더 홀가분해진 기분으로 여행을 같이 가고 싶다.

나는 그 애를 너무나 사랑한다. 나의 죽음보다 그 애의 죽음을 상상하는 게 훨씬 안타깝고 괴로울 만큼 뼈가 천천히 다 형성되기 전부터 유약함을 껴안아본 존재에 대해 지키고 싶은 심리가, 소망이 내게 깔려있다.

병원 밖과 안은 무엇이 다른가. 아 나는 그냥 여기 올 수밖에 없는 당연한 수순이었다고, 지나온 궤적 모두 아슬아슬하기만 하다.

그러게, 엄마한테 재판을 말 못 할 이유가 뭔데? 뭐에 스트레스를 받아서 말하면 안 된다는 하나의 결론만 스스로 주장하고 있던 건지 갑자기 들이닥친 횃불에 결론이 허상처럼 무너졌다.

죽음과의 사투도 견뎌낸 나의 보호자에게 나는

왜 보호를 받기 대신 단 하나의 사실을 보호하려는
긴 사투를 벌이고 있었나 싶다.

◇◇◇◇◇◇◇◇◇◇◇◇◇◇◇◇◇◇◇◇◇◇◇◇◇◇◇◇◇◇◇◇◇◇◇◇◇

　　사회는 저마다 불안정하고 우리는 모두 같은 사
회 속에서 자라 이곳으로 들어왔기에 같은 사회 속
에서 살아가는 그들 모두가 괜찮을 리 없다. 그저 그
렇게 갑작스레 죽음을 맞이하거나 괴로움에 사무쳐
지내는 사람들이나 입원해볼 기회조차 갖지 못하고
그저 힘겨워하는 사람들의 입장이 있다. 여기는 저마
다 지금까지 우리에게 가해온 삶의 방식들이 잘못되
었을지라도 병원에 넣어줄 정도로 나의 상태를 신경
쓰는 사람들이 있고 그 병원비를 감당해줄 사람들이
존재한다는 점에 있어서 충분히 행복해질 기회의 행
운은 거머쥔 것이라 생각할 여지가 있다. 입원은 나

를 걱정해주는 사람이 밖에서 기다리고 있다는 증거
가 된다.

＊

아니었다. 이래서 쉽게 단면과 단편을 조악하게 제 마음대로 휘저어 섞어 결론을 내리면 안 되는 것이다.

운이 아니라 이곳에 들어옴으로써 더 나은 생을 살아볼 기회를 얻는다는 점에 한해서만 운이 좋은 사람들이다. 이들은 보호받아야만 하거나 치유받아야만 하는 상태까지 내몰린 채 저마다 도와줄 수조차 없던 사연들을 가진 채 이곳에 들어온다. 세상 모든 아품을 끌어안을 수 없어 힘들어하는 마음만 존재하는 귀와 입만 연 채 그저 뻐끔대는 모습만 위로랍시고 건넬 수 있다.

신혼부부 돈가스를 먹기 위하여 퇴원을 앞당겼다. 웃음이 가득하고 변덕이 죽 끓듯 하지만 밝은 나로 돌아와 있다. 지식의 길은 놓치지 않을 것이다. 뭐가 됐든 괜찮다.

우와 마지막 밤이다. 아직 저녁도 나오기 전이지

일상회복 프로젝트
: 지금 죽고 싶은 너에게

만 운동이란 할 일을 끝냈더니 저절로 그런 마음이
든다.

　민정이의 타로로 내가 어떤 선택을 내리게 될지
에 관하여 힘을 얻어냈다. 그래 나 이렇게 버티어간다.
1년이고 3년이고 살아서 지켜봐 본다.

퇴원일

내가 돌아왔다. 어디에? 집으로. 속세로!

어떤 내가 돌아왔냐면 지금 모습이 만족스럽고 마음과 걸음걸이가 조심스러운 강한 내가 돌아왔다.

잠깐 무너졌었지. 지칠만했으니까. 무너질만했으니까.

혼자 힘으로 이겨내고 싶었던 마음으로 지금까지 어떻게든 굴러왔던 것 같다. 또 혼자 힘으로 이겨냈다고 티는 굳이 낸 적은 없지만 그렇게 생각했던 것

일상회복 프로젝트
: 지금 죽고 싶은 너에게

같다. 고마움도 모르고.

약을 챙겨주는 사람이 없다는 사실에 기시감이
든다. 힘을 얻은 나는 적응해내지 못할 게 없다. 병원
에서 나는 자유로웠다. 병원 밖 이곳에서도 여전히 나
는 자유롭다.

＊

　　순조로운 순항 중이다. 새 가족이 갑자기 생겼다. 평생이라 말할 수는 없겠지만 기억하는 시간 중 반 이상은 꿈꿔왔다 말할 수 있던 반려견을 새 가족으로 얼렁뚱땅 맞이하였다. 아무 생각 없이, 사실 많이 수천 번도 생각해봤지만 결정을 내리던 순간을 말하자면 눈을 뗄 수 없던 몽이를 자연스럽게 데리고 올 수밖에 없었던 것이다.

　　이제는 인생이 굳이 설명할 수 없는 순간들로 채

워지는 것에 거부감이나 의문이 들지 않는다.

자연스럽게 네가 내게로 왔다. 나는 너를 바라보며 행복해하고 내 모든 사랑을 줄 준비가 항상 되어 있었다.

아침 달리기가 성취감을 잘 유지시켜주고 있다. 나는 두 달 동안 잘 훈련된 대로 죄책감이 뭐예요를 말살시키는 훈련을 해나갈 것이다.

아마 언니가 선물해준 내 이니셜이 새겨진 이 다이어리가 내 삶을 송두리째 바꿔준 계기일지 모르겠다.

✳

나오는 글

퇴원 1년 차

퇴원 후의 삶은 모두 다를 것이다. 그곳에서만큼은 우리는 모두 같은 모습, 같은 생활을 나누었지만 퇴원 후 제2의 삶을 펼치는 일은 모두 각자 개인의 영역에 달려있음을.

나는 일상회복의 최우선 과제로 병동에서 형성한 건

강한 습관을 유지하기 위해 노력하였다. 퇴원하자마자 꿈꾸던 강아지를 입양하고 여전히 매일 운동도 하고 일찍 자고 일찍 일어나 치료도 매주 받고 약도 잘 먹으면서 내 나름의 병동에서 만든 습관을 유지하기 위한 노력을 꾸준히 하고 있다.

　　퇴원하고도 종종 그리워할 만큼 내가 병동에서 만났던 사람들은 너무나도 착했다.

　　나는 그들을 보며 내가 제일 사회에서 계산적으로 살다 들어온 사람이 아닐까 싶었다.

　　이곳의 너무나 투명한 사람들은 사회에서 단지 정신적 증상으로 인해 받아내야만 했던 시선들과 또는 깊은 마음의 상처로 인해 그저 아파하는 거라는 사실을 지켜보며 지금보다는 우리 사회가 정신병에 대한 인식이 더 순화되어 우리와 지금과는 다른 융화를 꿈꾸는 사회가 될 수 있도록 '이곳'은 나도 가고 너도 가는 병원이라는 인식을 형성하는 데에 보탬이 되고 싶어졌다.

　우리들 모두 각자의 불안을 안고 살아가지만 옆에 있는 그 누군가가 나보다 조금 더 불안할 수 있다는 사실, 이미 상처가 가득한 사람일 수 있다는 사실을, 나조차 때론 내가 설정한 정상과 비정상의 경계를 넘나든다는 사실은 망각한 채 타인을 쉽게 정상이 아니라고 비정상이라 단정해버리는 일이 종종 있다.

　그 잣대를 내려놓을 수 있다는 사실을 나와 내가 바라본 사람들을 통해 알게 되었다.

　나랑 같이 산책을 해달라는 부탁을 어렵게 해오거나 컵라면을 혼자 먹어 냄새만 풍겨서 미안하다고 사과를 하거나 오늘은 날씨가 좋다고 매일 아침인사를 먼저 건네기도 하고 아침이면 매번 병실 문을 똑똑 두드리며 이쪽 창문 풍경이 가장 아름다운데 여기서 밖을 바라봐도 되냐고 먼저 물어오던 그들.

그들은 흡사 천사가 아닐까란 생각이 들었을 만큼 약을 먹고 하루하루 세상과 다시 마주할 준비를 하던 사람들은 나와 같은 사람이자 어쩌면 바깥에 있는 사람들보다 더 선하디선해서 들어온 게 아닐까 싶었던 사람들.

나를 동생이라 불러주며 "동생 밥 맛있게 먹었어? 잘 잤어?"란 안부를 매일 물어주고 "동생은 선생님 말 잘 들어. 나처럼 되지 말고."란 시린 조언을 건네주던 따뜻한 사람들.

"하늘이 참 예쁘네요."란 인사를 매일 듣다 보면 나조차 그 순간에 하늘을 바라보게 되고 내 마음은 그래 하늘이 예쁜데 오늘 하루 뭐가 더 중요하겠어란 마음이 되어버리는 것이다.

나는 그 안에서 어떤 사람이 어떤 증상을 앓고 있는지 직접 말해주기 전에는 알아챈 적이 없었고 우리는 서로의 아픔을 보듬고 포용할 수 있었다. 그 어떤 것도 드러냄이 허용되는 세계에서 부자연스러움이란 존재하지 않았다.

우리는 서로 격려하며 치유될 수 있었다.

나는 이제 내가 힘들면 어디로 가야 할지 안다.

나는 이제 내가 무너지면 죽음이 아닌 어디로 도움을 요청해야 할지를 안다.

앞으로

내게 어떤 풍파가 닥쳐 또다시 무너진다 해도 내가 다시 일어설 수 있음을 안다.

이 모든 것의 가운데에는 우리나라의 훌륭한 정신과 의료진이 계시며, 그 뒤에는 항상 당신의 회복을 바라는 사랑하는 사람들이 자리함을 알았으면 한다.

일상회복 프로젝트 :

지금 죽고 싶은 너에게

직장 내 성폭력 생존자의 대학병원 정신병동 입원일기

초판 1쇄 발행 2022. 6. 15.

지은이 이아름
펴낸이 김병호
펴낸곳 주식회사 바른북스

편집진행 한가연
디자인 양헌경

등록 2019년 4월 3일 제2019-000040호
주소 서울시 성동구 연무장5길 9-16, 301호 (성수동2가, 블루스톤타워)
대표전화 070-7857-9719 | **경영지원** 02-3409-9719 | **팩스** 070-7610-9820

•바른북스는 여러분의 다양한 아이디어와 원고 투고를 설레는 마음으로 기다리고 있습니다.

이메일 barunbooks21@naver.com | **원고투고** barunbooks21@naver.com
홈페이지 www.barunbooks.com | **공식 블로그** blog.naver.com/barunbooks7
공식 포스트 post.naver.com/barunbooks7 | **페이스북** facebook.com/barunbooks7

ⓒ 이아름, 2022
ISBN 979-11-6545-756-3 03810